Tanita Zest

Stets zu Diensten, Sir

– Erotik –

2. Auflage Dez 2010
Titelbild: Roman Kasperski

Lektorat: Franziska Köhler
Satz: nimatypografik

ISBN: 978-3-86608-133-8

Hat Dir das Buch gefallen? Schreib uns Deine Meinung unter: gelesen@ubooks.de

Möchtest Du über Neuheiten bei Ubooks informiert bleiben? Einfach eine Email mit der Postadresse an: katalog@ubooks.de

Ubooks-Verlag | Wellenburger Str. 1 | 86420 Diedorf
www.ubooks.de

Vorwort

Warum haben Menschen besondere Vorlieben und Neigungen? Haben wir sie von Geburt an oder sind sie durch Erfahrungen und Erlebnisse entstanden?

In der Sexualität treten diese sehr deutlich zutage, und ich bezweifle sehr, dass sie im Laufe eines Lebens veränderbar sind.

Seit ich denken kann, hat es mich fasziniert, wenn ein männliches Wesen Dominanz gezeigt hat. Mit sechs Jahren habe ich mich schon selbst heimlich ans Bett gefesselt, und in der Schule stand ich von Anfang an auf die Anführer. Mit acht Jahren fing ich an, komplexe Geschichten zu erfinden, die abends im Bett vor meinem geistigen Auge lebendig wurden.

Sicher wäre dieser Umstand für viele Psychologen ein interessanter Stoff, aber aus welchem Grund sollte ich meine Vorlieben analysieren lassen? Um sie zu bekämpfen? Das will ich doch gar nicht! Erst so macht mir der Sex richtig Spaß.

Zugegeben, für eine Frau ist devot zu sein nicht ganz ungefährlich. Wie leicht kann sie an einen Mann geraten, der ihr in wehrloser Lage ernsten Schaden zufügt? Und wie viele Frauen gibt es, die einem solchen Mann so hörig werden, dass es ihr Leben ruiniert?

Einen vertrauensvollen Rahmen zu suchen ist bestimmt nicht verkehrt.

Sicher bin ich auch nicht das einzige weibliche Wesen mit einer solchen Neigung. Ich glaube, die gibt es überall. Ich bin in meinem Alltag durchaus keine Jasagerin oder Duckmäuserin, im Gegenteil. Ich führe mein eigenes Leben, habe in meinen Jobs Selbstständigkeit und Verantwortung gezeigt und bestimme, wie etwas zu laufen hat. Ich bin selbstbewusst und weiß, was ich will. Dennoch hat mich die Lust daran, beim Sex devot zu sein, niemals verlassen.

Nicht im Mindesten.

Ob ich meine Geschichte so oder so ähnlich erlebt habe, oder ob ein Großteil davon frei erfunden ist, spielt keine Rolle, denn jeder weiß, dass die Realität nie so ist wie die Fantasie. Meine Träume kann ich mir so gestalten, wie es mir gefällt. Da ist die weibliche Hauptperson immer jung und schön, der Mann charmant sowie attraktiv und die Schauplätze perfekt.

So möchte ich euch, liebe Leserinnen und Leser, herzlich einladen zu einer Achterbahnfahrt der Fantasie, als Anregung für eine fantastischere Realität.

Willst du das berauschende Gefühl der Hingabe spüren?
Öffne dich dem wahren Leben,
dann begleitet es dich in jeder Stunde.

Eine Reise mit Wendungen

Völlig verfahren

«Nein, da fahre ich heute nicht mehr hin», sagte der Busfahrer. Sue hatte ihn darauf angesprochen, weil sie bemerkt hatte, dass er nicht abgebogen war. Sie protestierte: «Aber ich habe beim Bezahlen doch gesagt, wo ich hin will. Und der Mann am Bahnhof meinte, dieser Bus würde ...»

«Dieser Bus fährt nur bis 18.00 Uhr die große Runde», sagte der Busfahrer und steuerte eine Haltestelle an. «Wenn Sie hier aussteigen, kommen Sie auch hin. Hier an der Kreuzung rechts, die nächste Ortschaft. Ist nicht weit.» Er ließ sich auf keine weitere Diskussion ein, und sie hatte keine andere Wahl, als auf seinen Vorschlag einzugehen.

Nachdem der Bus abgefahren war, entdeckte sie auf einem Wegweiser, dass es bis zu ihrem Ziel noch acht Kilometer waren. «Nicht weit» hatte der Busfahrer gesagt. Sie versuchte, Lisa anzurufen, ihre Freundin, die sie über Ostern hierher in die Rhön eingeladen hatte, aber die war nicht zu Hause und auch ihr Handy war aus. Hatte sie vergessen, dass Sue heute kam?

Es fing an zu regnen, und Sue hatte das Gefühl, dass jetzt wirklich alles schiefging. Angefangen damit, dass sie für diese Woche das Auto nicht bekommen hatte, das sie sich mit ihrer Geschäftspartnerin teilte. Dann hatte sie wegen einer Zugverspätung ihren Anschlusszug verpasst und war auf Anraten eines Einheimischen in diesen Bus gestiegen, dessen Fahrer sie hier am Rand eines ihr völlig fremden, gottverlassenen Nests abgesetzt hatte. Nachdem sie noch einmal versucht hatte, Lisa zu erreichen, wusste sie, dass es auch keinen Sinn machte, mit dem Taxi hinzufahren. Wer weiß, wo ihre Freundin war und wann sie nach Hause kam. Etwas verzweifelt nahm sie ihre zwei Reisetaschen und ging Richtung Ortsmitte, wo sie eine Gaststätte fand.

Sue war 32 und hatte keine Kinder. Vor einem guten Jahr hatte sie sich von ihrem Mann getrennt, mit dem sie acht Jahre verheiratet war. Danach hatte sie sich selbstständig gemacht und mit ihrer Freundin Bärbel einen kleinen Geschenkeladen eröffnet. Diese Woche in der Rhön sollte der erste Urlaub werden, den sie sich gönnte.

Vom Regen aufgeweicht betrat sie das Wirtshaus und fragte nach einem Gästezimmer. Der Wirt verneinte. Und nein, es gäbe auch kein Hotel und keine Pension hier. Und sie hätten auch wirklich keine Möglichkeit, hier jemanden übernachten zu lassen. Die Frau des Wirts musterte Sue argwöhnisch.

Da mischte sich ein Gast ein, ein attraktiver Herr Mitte vierzig: «Wenn Sie möchten, kann ich Ihnen ein Zimmer für die Nacht in meinem Haus anbieten.» Sue sah den Mann an. Er wirkte durchaus vertrauenerweckend, aber die Wirtsleute und einige der Gäste, die das Ganze verfolgt hatten, sahen sich auf seine Worte hin wissend an und grinsten seltsam. Einer murmelte: «Ob sie sich das trauen sollte ...»

Der attraktive Unbekannte lächelte. In seinem Gesicht blitzte etwas Freches auf. «Ted Morley ist mein Name. Der Herr hier», er zeigte auf den Sprecher, «hat eben beim Skat gegen mich verloren. Den dürfen Sie nicht so ernst nehmen.» Er streckte ihr die Hand entgegen. Sue ergriff sie und sagte: «Ich heiße Thorau und ich glaube, es bleibt mir nichts anderes übrig, als Ihr Angebot anzunehmen.» Sein Blick wurde einen kurzen Moment lang stechend, wie der eines Raubvogels, dann lächelte er noch breiter. Sue wurde es etwas mulmig. Um ihre Unsicherheit zu verbergen, fing sie ein Gespräch an: «Sie tragen einen englischen Namen ...» «Ja», antwortete er. «Mein Vater ist Engländer und hat hier meine Mutter kennengelernt ...»

Während er weiter erzählte, wirkte er warmherzig und offen. Die anderen Gäste widmeten sich wieder ihrem Bier und Sue entspannte sich. Ihr Gastgeber wollte auch gleich aufbrechen, was Sue nur recht war, denn ihre Jacke war klamm vom Regen und mit all dem Gepäck wollte sie nicht länger in diesem Gasthaus bleiben.

Ted Morley

Draußen piff ein starker Wind. Morley lud Sues Gepäck in den Kofferraum seines Wagens und sie fuhren los. «Was verschlägt Sie ausgerechnet hierher?» Sue begann zu erzählen ...

Die Unterhaltung plätscherte locker vor sich hin und ihr Begleiter erwies sich als selbstsicher und lebensfroh, und er zeigte sich ihr gegenüber sehr aufmerksam. Er brachte sie immer wieder zum Lachen und so verflog ihre anfängliche Anspannung.

«In wenigen Minuten sind wir da», sagte er schließlich. Das war tröstlich, denn das Wetter spielte langsam verrückt. Der leichte Regen hatte sich in einen Wolkenbruch verwandelt und peitschte nun aggressiv gegen die Scheiben. Sue wunderte sich, warum sie keine Anzeichen einer nahenden Ortschaft sah und wollte gerade danach fragen, als das Auto plötzlich sehr ungewöhnliche Geräusche von sich gab, stotterte und schließlich stehen blieb. Morley fluchte. Er stieg aus, öffnete die Motorhaube und verschwand dahinter. Kurz darauf kam er zurück und kramte ein paar Zangen aus der Ablage. «Der Scheißmarder hat mal wieder die Kabel angefressen», fluchte er und verschwand erneut. Nach einigen Minuten kam er wieder. Er war von dem kurzen Aufenthalt im Freien völlig durchnässt. Er drehte den Zündschlüssel. Nichts passierte. Er sah sie an und verkündete: «Lady, wir müssen laufen. Es ist von hier aus noch etwa fünfzehn Minuten zu Fuß. Wenn wir schnell sind, auch weniger.» «Aber wir sind hier doch mitten im Wald», entgegnete sie. «Ich wohne auch mitten im Wald», kam es lapidar als Antwort, dann zückte er sein Handy und wählte eine Nummer. «Martin? Hallo! Entschuldige die späte Störung. Du musst mir einen Gefallen tun. Wenn du morgen die Werkstatt aufmachst, schicke doch bitte jemanden an die Krummschneise, da ist mein Van mit Marderfraß liegen geblieben ... Nein, hat nichts genutzt ... Super ... elf Uhr? Gut, ich melde mich und hole ihn ab, wenn er fertig ist. Danke, alter Kumpel, bis dann.» Er sah sie an. «Lassen Sie Ihr Gepäck hier, es behindert uns nur. Etwas zum Anziehen bekommen Sie von mir, bis Ihre Sachen wieder trocken sind.»

«Ihre Hosen werden mir kaum passen und Ihr Gürtel auch nicht.»

«Dann nehmen Sie eben einen Strick, davon habe ich genug.» Bei diesem Satz überzog ein tiefgründiges Lächeln sein Gesicht. Sie blickte ihn mit gemischten Gefühlen an. Sein Ausdruck wurde wieder väterlich. «Keine Sorge, hier kommt nichts weg, und ich finde was, worin Sie sich wohlfühlen werden.» Sue lächelte verzagt. Der Regen klatschte mit unverminderter Stärke an die Scheiben. Warten brachte nichts. Sie mussten raus aus dem Auto und loslaufen.

Morley nahm sie an der Hand und zog sie mit sich. Obwohl sie schnell liefen, war sie innerhalb weniger Minuten pitschnass.

Vor ihnen tauchte ein Backsteinhaus auf, das inmitten eines weitläufigen Gartens stand. Sue musste unwillkürlich an die Groschenromane denken, die sie mit vierzehn verschlungen hatte. Dieses Haus hier war zwar nicht so alt und geheimnisvoll wie in diesen Romanen, aber sonst passte alles. Vor allem das Wetter.

Sie traten ein. «Hier ist das Bad, gehen Sie ruhig schon rein, ich bringe Ihnen Handtücher und trockene Kleidung vor die Tür.» Sie bedankte sich und trat ein. Das Bad hatte keine Kacheln, sondern rohe Steinfliesen. Schmiedeeiserne Kerzenhalter und antik gestaltete Armaturen erweckten bei ihr den Eindruck, in einer alten Burg gelandet zu sein. Auch im Flur war ihr dieser Stil aufgefallen. Offensichtlich hatte ihr Gastgeber ein Faible für vergangene Zeiten. Sie summte die Nummer eins der Charts, um sich selbst der Wirklichkeit zu versichern, wodurch ihr aber auch schleichend bewusst wurde, dass sie nichts bei sich hatte außer ihrer Handtasche. Sie war allein mit einem fremden Mann in einem fremden Haus und zog gerade ihre nasse Kleidung aus. Nicht einmal BH oder Slip waren noch trocken.

Es klopfte. «Ich habe hier etwas zum Anziehen für Sie. Ich lege es Ihnen vor die Tür», kam es von draußen, und ihr Gastgeber klang dabei, als sei das alles völlig normal. Sue tadelte sich selbst wegen ihrer Bedenken, murmelte ein Dankeschön, um dann wieder ihren Gedanken nachzuhängen.

Eigentlich war das doch eine sehr prickelnde Situation und ohne kleine Abenteuer wäre das Leben wirklich langweilig.

Er hatte ihr eine Jeans und ein weißes T-Shirt gebracht und obenauf lag ein weißes Seil, das akkurat zu einer Schnecke aufgerollt war. Es hatte genau die Länge, die sie brauchte. Das fand Sue sehr interessant. Offensichtlich musste er davon wirklich eine gewisse Auswahl haben.

Als sie aus dem Bad kam, folgte sie einem flackernden Licht und landete in einem großen Wohnzimmer, das in der Mitte der vorderen Wand einen Kamin hatte, der schon brannte. Auch hier setzte sich der Einrichtungsstil fort. Eine interessante Mischung aus mittelalterlichem Ambiente, gekonnt gewürzt mit ein paar sehr modernen Accessoires und einem dezenten Hauch von Fernost. Durchaus gemütlich. Sie vergrub ihre Füße in dem hochflorigen Teppich vor dem Kamin. «Ihr Zimmer habe ich hergerichtet. Was kann ich Ihnen anbieten?», kam es aus der Küche.

«Ein Glas Wasser.»

«Ich habe auch Champagner.»

«Vielleicht später. Im Moment ist mir nach Wasser.»

Als er ihr das Wasser brachte, sah sie, dass auch er schon geduscht hatte. «Wie haben Sie das alles in dieser kurzen Zeit gemacht, Herr Morley?», fragte Sue neugierig. Er lachte. «Der Kamin hatte noch Glut, da geht das schnell. Der Rest war auch kein Problem. Wie sieht es mit Ihrem Hunger aus? Ich habe noch zwei große Portionen selbst gemachten Eintopf in der Küche.» «Oh ja, ich habe seit Stunden nichts mehr gegessen.»

Auf dem Weg in die Küche konnte sie einen Blick in einen Nebenraum werfen, dessen Tür nur halb geschlossen war und der sehr martialische Dinge enthielt. Der kurze Eindruck reichte, um in ihr die Assoziation eines Domina-Studios hervorzurufen. Ihr fuhr ein Blitz durch den Magen.

Der Eintopf war köstlich, und jetzt ließ Sue sich auch zu einem Glas Rotwein überreden, der ebenfalls von erlesener Qualität war. Die Wärme des Essens und das Feuer des Weines breiteten sich in ihrem Körper aus. Sie hatte die ganze Zeit etwas zugeknöpft dagesessen, weil sie keinen BH trug und ihre Nippel recht gut durch das Shirt zu sehen waren, aber nun war es ihr egal. Das Gespräch wurde gelöster, sie ließ sich bereitwillig auf seinen charmanten Flirt ein, und schließlich stellte sie erstaunt fest, dass sie ihn wirklich anziehend fand. Immer wieder verlor sie sich in seinen Augen und musste sich zusammenreißen, um ihn nicht wie ein hypnotisiertes Kaninchen anzustarren. Er spielte damit und hielt sie schließlich mit seinem Blick gefangen.

«Ich habe noch etwas für Sie», sagte er lächelnd. «Aber dafür müssten Sie schon bereit sein für ein kleines Abenteuer.» Sie wurde unruhig, denn längst hatte sie sich von ihm ein Bild gemacht. Man hatte kein Sadomaso-Studio zu Hause, wenn man es nicht auch nutzte, und Sue wollte und konnte sich nicht vorstellen, dass er der Typ Mann war, der sich schlagen ließ.

Sie erinnerte sich an die Worte des Gastes in der Kneipe. Ihr wurde heiß im Schoß.

«Kann mir dabei etwas passieren?», fragte sie mit leicht scherzhafter Betonung. «Es könnte sein, dass es Ihnen gefällt», entgegnete er mit einem Lächeln. Sie atmete tief ein, dann antwortete sie ihm: «Gut, ich lasse mich auf Ihr kleines Abenteuer ein.» Für einen kurzen Moment wurde sein Blick so stechend wie in der Kneipe.

Er führte Sue ins Wohnzimmer. Sie konnte nicht anders, als noch einmal einen Blick in den Raum zu werfen, in dem sie Ketten, Seile und verschiedene Peitschen erkennen konnte, die dort an der Wand hingen. Ein ganzes Blitzgewitter schoss durch ihren Körper. Auch ihrem Gastgeber war ihr verstohlener Blick nicht entgangen.

«Setzen Sie sich», forderte er sie auf und drückte sie in einen großen Sessel nahe des Kamins. «Aber Sie dürfen nicht gucken. Damit das leichter fällt, möchte ich ...», bei diesen Worten zog er einen Seidenschal aus einer Schublade und trat hinter sie «... Ihnen die Augen verbinden.»

Die weiche Seide legte sich über ihre Augen und er flüsterte in ihr Ohr: «Schön still halten, ich bin gleich wieder da.» Sues Herz klopfte wie wild.

Was mochte er vorhaben? Auf was hatte sie sich da eingelassen? Die Dunkelheit vermittelte ihr ein Gefühl, als würde die Realität wie in einem Traum zurückweichen. Na ja, sie konnte sich ja jederzeit die Binde von den Augen ziehen und ihm sagen, sie hätte genug. Aber das tat sie nicht, denn es übte eine große Faszination auf sie aus und sie war viel zu neugierig auf das, was jetzt geschehen würde. Schließlich hatte er es in der kurzen Zeit geschafft, dass sie ihm vertraute. Auch jetzt noch.

Da war er wieder. «Kurz nach vorne rücken», sagte er freundlich. Sie merkte, wie er sich hinter ihr in den Sessel setzte und sie zu sich herzog. Er stellte etwas auf ihren Beinen ab und griff mit dem linken Arm um sie herum. Er nahm ihr Kinn und drückte es leicht nach rechts. «Mund auf», flüsterte er ihr ins Ohr. Sie gehorchte. Er schob ihr einen Löffel voll mit der leckersten Mousse au Chocolat in den Mund, die sie je gegessen hatte. «Mmm», entfuhr es ihr unwillkürlich. Er lachte. «Noch einen», sagte er. Sie öffnete wieder den Mund. «So ist es brav.»

Sue schmolz in seinen Armen wie die Mousse in ihrem Mund. «Vorsicht, jetzt musst du aufpassen», meinte er und setzte ihr das Glas Rotwein an den Mund. Ihr war heiß. Sie glühte am ganzen Körper. Dann stellte er Glas und Schüssel weg, lies sie dabei aber nicht los. Er streichelte ihr über den Hals und murmelte mit weicher, gedämpfter Stimme: «Ich hätte Lust mit dir ein paar schöne Dinge zu machen. Ich glaube, du weißt schon, welche Art von Dingen.» Im Inneren von Sue schienen etliche Saiten mit abgründig dunklen und dennoch weichen Frequenzen zu tönen, die ihr das Blut schneller durch die Adern rauschen ließen. Sie nickte zögerlich.

«Du brauchst keine Angst vor mir zu haben. Der glücklose Skatspieler vorhin in der Kneipe ist übrigens Oberinspektor bei der hiesigen Polizei. An den kannst du dich wenden, wenn dir das hier nicht geheuer ist. Aber ich habe gleich erkannt, dass du zu jener Art von Frauen gehörst, wie ich sie liebe. Man erkennt das mit der Zeit.»

Sue war ihm dankbar für seine beruhigenden Worte.

«Du weißt genau, dass ich schon längst angebissen habe.» Er lachte und zog ihr die Binde von den Augen. «Du sollst aber alles sehen, was passiert. Das ist im Moment besser. Und noch etwas, im Spiel bin ich für dich Sir Morley, verstanden?»

«Ja, Sir.»

Er zog ihr das Shirt über den Kopf. Kurz, nur ganz kurz strich er ihr über den Bauch, über die Brust, berührte ihren Nippel. Er löste das Seil, das die Hose hielt, mit geschickten Händen, ließ sie aufstehen und sich umdrehen. Dann zog er die zu weite Hose von den Hüften. Völlig nackt stand sie nun vor ihm, und die Wärme der Flammen aus dem Kamin erhitzte ihre Haut noch mehr. Sie war noch nie in einer Situation wie dieser gewesen und kam sich sehr verletzlich vor. Er saß lässig in dem großen Sessel und musterte sie von Kopf bis Fuß. Sie wusste nicht, ob er ihren Körper schön fand, und wurde etwas unsicher. «Deine Brüste sind echt?»

«Ja.»

«Alle Achtung, da hat der liebe Gott gute Arbeit geleistet.» «Danke», entgegnete sie lächelnd. Ihre Brüste waren normal groß, aber fest und wunderschön gerundet.

«Nimm eine devote Haltung ein», befahl er ihr. «Wie bitte?», fragte sie überrascht.

Er wiederholte sachlich: «Nimm eine devote Haltung ein.»

Tatsächlich ging sie vor ihm auf die Knie, legte die Hände auf ihre Oberschenkel und sah ihn erwartungsvoll an. Missbilligend musterte er sie, sagte aber nichts. Sue fühlte, wie ein Unbehagen ihren Nacken hochkroch, und das nicht alleine wegen der unbequemen Haltung.

Irgendwas passte ihm nicht, dachte sie. Aber sie wusste nicht was. Und warum sagte er nichts und starrte sie an wie ein Gangsterboss, der gleich seinen treulosen Komplizen um die Ecke bringen wollte?

Mehrere Minuten vergingen, die Haltung schmerzte immer mehr und ihr Unbehagen wuchs mit jeder Sekunde. Sie hatte gute Lust, einfach aufzustehen und ihm zu sagen, dass ihr das jetzt zu blöd wurde. Eine innere Stimme, die ihr deutlich sagte, dass sie das später sehr bedauern könnte, hielt sie jedoch zurück.

Er baute etwas auf, wurde ihr klar. Er baute eine Beziehung zwischen Herr und Sklavin auf.

Erregung fuhr ihr durch den Körper, die Spannung löste sich aus ihren Schultern und ihre Gesichtszüge wurden weicher. Ihr wurde bewusst, dass sie kerzengerade wie im Yoga auf ihren Knien saß und dadurch natürlich überhaupt nicht unterwürfig wirkte. Ihr Stolz leistete mehr Widerstand, als sie selbst es vermutet hätte, aber ihn zu überwinden war ein überaus aufregender Schritt. Ihr Körper ergab sich in die Sklavenrolle und sie senkte den Kopf.

Morley lächelte und meinte sanft: «Siehst du, es war gar nicht so schwer. Und jetzt lege dich bitte ausgestreckt auf den Rücken.» Sue schmolz auf den Teppich und mit einem Seufzer der Erleichterung streckte sie Beine und Arme lang aus.

Da stand er auf, griff ihre Handgelenke und drückte sie zu Boden. Davon überrascht wurde sie dennoch von einer Welle der Erregung erfasst. Sie stöhnte und bäumte sich auf.

«Sch sch sch, ganz ruhig», sagte er mit weicher Stimme. «Du bist meinen Befehlen gefolgt. Nun wirst du dich meiner Gewalt ergeben. Mach dir bewusst, dass ich auch effektive Mittel einsetzen werde, um meine Macht über dich zu untermauern.» Bei diesen Worten überflutete die Erregung Sues ganzen Körper.

Unvermittelt erhob er sich und bat sie aufzustehen. Dann packte er sie am Arm und zog sie mit sich zu dem ominösen Raum. «Das die Kammer.»

Sue bemerkte, dass sie nur noch sein willenloses Werkzeug war. Das war ein neues beängstigendes, aber auch berauschendes Gefühl und ihre Gedanken entglitten ihr wie geschmeidige Fische.

Sie musste sich mit dem Gesicht zu dem Andreaskreuz stellen. Er legte enge Lederriemen um ihre Handgelenke, zog ihre Arme nacheinander hoch und fesselte sie so an das Kreuz. Er strich an den Innenseiten ihrer Schenkel entlang, woraufhin sie unwillkürlich die Beine schloss.

«Falsche Richtung», meinte er lakonisch, zog ihre Beine zu den Balken des Kreuzes und legte ihr auch hier die Fesseln an. Als er fertig war, stand sie wie ein X da und konnte sich nicht mehr rühren.

Die Saiten in ihrem Inneren klangen immer lauter. Dieser Mann schien genau zu wissen, wie er sie zum Schwingen brachte.

Er ging hinter Sue im Raum auf und ab. Fast eine Minute verging. Dann fragte er unvermittelt: «Wie oft hast du dich schon von einem Mann fesseln lassen?»

»Vielleicht zwei, drei Mal, aber es war eher halbherzig.»

Er setzte seine Wanderschaft fort, und Sue fühlte sich von ihm beobachtet. Er ließ sich Zeit. «Und wie oft hast du dich schon von einem Mann beim Sex schlagen lassen?» Sues Herz pochte lauter. «Das wollten sie nicht ...» «Ah, das wollten sie nicht», spottete er. Sie biss sich auf die Lippe. Wie musste sich das anhören?

Er lehnte sich neben ihr an die Wand und fixierte sie mit seinem Blick. Er schien dabei alle Zeit der Welt zu haben. Sue senkte den Kopf.

«Hast du schon zu viel von dir verraten?», erkundigte er sich. Sue wusste nicht, was sie antworten sollte.

Da verschwand er erneut aus ihrem Blickfeld, machte irgendwas und trat dann hinter sie. «Ich werde für dich antworten.» Wieder griff er mit der Linken um sie herum. Er drückte ihr den Kiefer auseinander, stopfte ihr einen Knebel in den Mund und verschloss ihn in ihrem Nacken. Unvermittelt wurde Sue bewusst, dass er über ihre Körperöffnungen frei verfügen, sie öffnen und stopfen konnte, wann und wie er wollte.

Mit der Hand strich er an ihrem Rücken entlang, bis über ihren Po. «An was denkst du, wenn du abends im Bett liegst?» Er kam ganz nah an ihr Ohr, und sie spürte seinen Atem. «An schlimme Sachen, an verbotene Sachen. Böses Mädchen! Und keiner ist da, der dich bestraft.» Er ließ seine Worte wirken und nahm eine mehrschwänzige Peitsche von der Wand. Wieder trat er ganz nah an Sue heran. «Niemandem kannst du davon erzählen. Keiner ist da, der dir dafür den Hintern versohlt.» Dabei ließ er die Lederriemen langsam über ihren Hintern streichen. «Siehst du, der liebe Gott hat es gut gemeint mit dir. Er hat dich den Zug verpassen lassen und dich in diese Kneipe geführt, damit du endlich deine gerechte Strafe bekommst.»

Dicht an ihrem Ohr flüsterte er: «Das ist für deine schmutzigen Gedanken.» Die Peitsche zischte auf ihren Po. Ein kurzer Schauer von Schmerz flog über ihre Haut.

«Das ist für deine versaute Fantasie.» Der zweite Schlag. «Und das ist für deine perversen Gelüste.» Der dritte Schlag. Dann löste er den Knebel. «Sprich mir nach: Ich möchte für all meine bösen Gedanken bestraft werden, Sir.» Sue zögerte. Der vierte Schlag, der auf ihr Schweigen folgte, war heftiger. «Ich warte auf die Antwort!», knurrte er mit einer bisher ungekannten Strenge. Alle Nerven in Sues Körper schienen zu vibrieren. Leise und stockend murmelte sie: «Ich möchte für all meine bösen Gedanken bestraft werden, Sir.» Der fünfte Schlag. «Wie bitte?»

«Ich möchte für all meine bösen Gedanken bestraft werden, Sir.» Der sechste Schlag. «Lauter!» Sue zitterte am ganzen Körper. Ihr Atem ging schnell und sie rang um Haltung. So laut sie konnte verkündete sie: «Ich möchte für all meine bösen Gedanken bestraft werden, Sir.» «So ist es brav», lobte er sie. Seine Hand fuhr sanft über ihren brennenden Hintern, dann tiefer bis zu ihrer pochenden Muschi. Er versenkte einen Finger in ihrer heißen, klatschnassen Möse. «Wirklich ein böses Mädchen», meinte er mit einem unüberhörbaren Lächeln in der Stimme.

«Dann wollen wir mal sehen, wie gut du gehorchen kannst.» Er holte ein Hundehalsband, legte es ihr eng um den Hals und löste die Fesseln vom Kreuz. Die Ledermanschetten verblieben allerdings an ihren Gelenken. Er nahm eine Gerte von der Wand und befahl Sue, in den Vierfüßlerstand zu kommen. «Wir machen jetzt eine Wohnungsbesichtigung.»

Mit großer Selbstverständlichkeit führte er sie zuerst durch das Parterre, dann die Treppe hoch und durch die oberen Räume. Mit der Gerte dirigierte er sie ohne Gewalt und mit wenigen Befehlen. Sue dachte nicht nach über das, was sie tat. Das bisher Geschehene hatte sie geöffnet und empfänglich gemacht für alles, was folgen sollte. Sie ergab sich einfach komplett seiner Führung und genoss jede Sekunde. Es machte ihr Spaß, zu erkennen und zu erahnen, was er als Nächstes von ihr wollte, und sie empfand Stolz, wenn sie es begriffen hatte. Zurück in der Kammer stellte er sie wieder an das Kreuz.

Diesmal fesselte er sie mit dem Rücken zur Wand. Er löste das Halsband und strich ihr über Hals und Körper. «Du hast dich wacker geschlagen.»

«Danke, Sir.»

Dann fing er an, ihre empfindlichen und vor Erregung harten Brustwarzen zu bearbeiten. Sue schnappte nach Luft. Auf seinem Gesicht zeigte sich nun sowohl ein ungemein freches Lächeln als auch der stechende Raubvogelblick. Sie musste die Augen schließen, um nicht verrückt zu werden. Ihr war völlig klar, dass er in dieser letzten Phase des Spiels seine Macht über sie noch einmal verdeutlichen würde, was die Erregung in ihr auf die Spitze trieb.

Schließlich legte er die Gerte weg und holte einen summenden Vibrator. Er fuhr damit von ihrem Bauchnabel abwärts und drückte ihn auf ihre Klitoris. «Mein letzter Befehl an dich heute: Beschreibe mir genau, was du fühlst.» Sue bekam weiche Knie. Und wieder nahm er einen ihrer Nippel zwischen die Finger und drehte ihn. «Na, los!» Alle vernünftigen Gedanken waren aus ihrem Gehirn gelöscht. Sie suchte nach Worten: «Es ... es ist ...»

«Fühle ganz genau hin und erkläre es mir.»

«Sir, es ist ... als ob ein ganzer Schwarm Bienen über ... über meinen –aaah!» Sie konnte nicht mehr an sich halten. Ein heftiger Orgasmus schüttelte ihren Körper. Wie die Fliege im Netz der Spinne wand sie sich und schrie, weil sie nicht anders konnte. Es dauerte lange, bis sie sich wieder beruhigt hatte. Sie keuchte und war völlig fertig. Er löste ihre Fesseln, sie sank in seine Arme und fing an zu heulen. «Alles in Ordnung, Baby, das Spiel ist beendet», sagte er mit sanfter Stimme. Sie schniefte: «Es war toll. So habe ich es mir immer vorgestellt.» Er schob sie vorsichtig zurück und sah sie an. Ihre Augen glänzten und ihre Nase war rot, aber sie strahlte. Er lächelte. «Das freut mich. Mir hat es auch sehr gut gefallen.»

Frühe Fantasien
Der Piratenkapitän

Mit einem tiefen Seufzer ließ Sue sich in das weiche, duftende Bett sinken. Was für ein Abend! Sie fühlte sich, als hätte sie ein Triathlon hinter sich: körperlich völlig fertig und doch entspannt, dabei der Geist so wach und euphorisch, dass an Schlaf nicht zu denken war. Vergeblich versuchte sie, ihre Gedanken auf zu Hause zu lenken. Auf Dinge und Menschen, die ihr im Leben wichtig waren, aber die Bilder des Abends schoben sich über alles andere. Immer wieder sah sie Ted Morleys Gesicht vor sich, seine stechenden Augen, seine souveränen Bewegungen. Es liefen ihr wohlige Schauer über die Haut beim Gedanken an das, was er mit ihr gemacht hatte. Unwillkürlich fuhr sie mit ihren Händen über ihren Körper und spürte nach, wie es sich angefühlt hatte. Sie betastete ihren Po, der immer noch empfindlich war. Hatte er sie gerne angefasst? War sie schön genug für seinen Geschmack? Im Moment fühlte sie sich schön. Das war ein gutes Zeichen.

Es war schon verrückt; seit dem Erwachen ihrer Sexualität hatte sie sich so etwas gewünscht und ausgerechnet in einem Moment, wo sie nicht im Entferntesten daran gedacht hatte, passierte es durch eine Verquickung der unmöglichsten Umstände.

Sie betrachtete die Schemen ihres Zimmers, blickte durch das Fenster in den Nachthimmel. Sie erinnerte sich an ihre ersten sexuellen Fantasien, die sie im Alter von vielleicht elf Jahren entwickelt hatte, wenn sie abends viel zu früh von den gestressten Eltern ins Bett geschickt wurde. Anfangs zart und einfach, später immer differenzierter träumte Sue über Jahre diese Fantasie, zeitweise fast allabendlich, sie schmückte sie aus und ließ sie wachsen. Langsam nahmen die alten Bilder wieder Gestalt an vor ihrem inneren Auge ...

Sie stellte sich damals vor, sie wäre schon fast erwachsen und hätte mit ihrer Familie eine Seereise auf einem Handelsschiff angetreten. Eines Tages wurde dieses Schiff von Piraten gekapert und ausgeraubt. Sue hatte sich in ihrer Kajüte in einer Ecke versteckt, hörte mit Schrecken das Gepolter und die Schreie über sich und hoffte, dass keiner sie entdeckte.

Dann wurde die Tür eingetreten und da stand er: der Piratenkapitän. Mit gezogenem Schwert suchte er den kleinen Raum ab und da entdeckte er sie. Kleine Pfeile schossen aus seinen funkelnden Augen, dass sie sich fühlte wie ein verwundetes Tier. Mit schnellen Bewegungen kam der große, drahtige Mann auf sie zu, packte sie zwischen den Brüsten am Ausschnitt und riss sie hoch. Er zog sie zu sich heran, sein Gesicht war ganz nah an dem ihren. Vor Angst wurden ihre Knie weich, und sie wollte zu Boden sinken, doch er zog sie, die Hand noch immer an ihrem Ausschnitt, wieder hoch.

«Na, was haben wir denn da Hübsches? Und so jung. Du kommst mit. Du wirst ein herrliches Spielzeug für mich und meine Männer.» Er roch nach Mann und der salzigen See, und sie wusste, dass es besser war, alles zu tun, was er von ihr verlangte.

Kurze Zeit später stand sie in seiner Kajüte. Ihr Kleid hatte Risse und bedeckte nur noch knapp ihren Busen. Ihre Hände waren mit groben Stricken gefesselt, die an einem Querbalken von der Decke hingen.

Ihr Schicksal, welches auch immer es war, lag in der Hand dieses Piraten, der vor ihr mit wütenden Schritten auf und ab lief und ihr zu verstehen gab, dass Leute ihres Standes Schläge verdient hätten, bis ihnen die Haut in Fetzen vom Leib hinge. Ihre Angst wuchs ins Unermessliche, als er auf sie zukam und das Kleid zerriss. Er griff nach einer Peitsche und schlug damit auf ihren nackten Rücken ein. Dann warf er die Peitsche auf den Boden, verschwand aus der Kajüte und ließ sie halbnackt in ihren Fesseln hängen. Der Schmerz des Peitschenhiebes ließ nach, doch die Schmerzen in Schultern und Armen wurden immer schlimmer. Sie weinte. Als er nach Stunden wiederkam, löste er wortlos die Fesseln, stellte ihr etwas zu essen hin und verschwand wieder. An anderen Tagen musste sie sich mit nacktem Hintern über einen Schemel legen. Dann versohlte er ihr den Hintern, bis dieser wie Feuer brannte. Oder er fixierte sie mit Stricken am Boden und verband ihr die Augen, ging dann mit klackenden Stiefeln um sie herum, und sie rechnete jeden Moment damit, dass er sie treten würde. Abends warf er sie auf sein Bett und fesselte sie an die vier Pfosten. Er fuhr mit begehrenden Händen über ihre schlanke Taille, über ihre Brüste und Hüften. Gleich würde er ihr die Unschuld nehmen, doch das tat er nicht.

Sues kindliche Fantasie ließ das noch nicht zu. Erst Jahre später spann sie die Geschichte weiter:

Er nahm ihr die Unschuld und bediente sich an ihr, Nacht für Nacht. Eines Abends fesselte er sie wie gewohnt an das Bett. Dann sagte er: «Ich bekomme Ärger mit meiner Mannschaft. Ich kann sie nicht länger zurückhalten. Nun sind sie dran ... Heute Abend ist zuerst mein erster Offizier an der Reihe und danach der Steuermann. Morgen sind es die nächsten zwei.»

Fremde, teilweise hässliche und dreckige Männer vergewaltigten sie nun Nacht für Nacht, aber immer war er dabei. Er, der Piratenkapitän, dem sie gehörte, dem sie ergeben war. Seinem kühlen, prüfenden Blick entging keine Regung. Er hielt sie fest, wenn sie sich zu wehren versuchte, und er hielt die Kerle fern, wenn sie keine Kraft mehr hatte ...

Sue atmete tief durch und holte ihre Gedanken in die Gegenwart zurück. Vielleicht war sie doch ein bisschen irre. In Wirklichkeit fände sie eine Vergewaltigung niemals erotisch. Wieso dann in der Fantasie?

Dann musste sie lächeln, weil sie bei den Gedanken an diese alte Fantasie dem Piraten das Gesicht von Ted gegeben hatte. Endlich konnte sie einschlafen.

Naturprodukte

Sue erwachte und sah sich um. Der gestrige Abend war tatsächlich kein Traum gewesen. Hier lag sie auf einem Futon und die Sonne warf schräge Strahlen durch das offene Fenster in das schmucke kleine Zimmer in der oberen Etage. Draußen zwitscherten die Vögel ihr Frühlingslied.

Sie erinnerte sich, warum sie eigentlich hier war, und zog ihr Handy aus der Handtasche, um ihre Freundin anzurufen. Sie erwischte sie zu Hause, noch völlig verschlafen. «Hallo Lisa, wo warst du gestern Abend? Ich habe meinen Anschlusszug verpasst und bin in so einem Kuhkaff gelandet und ...»

«Stopp, langsam, was ist los? Du bist schon da? Ich habe dich für heute Abend im Kalender.» Sue brauchte einen Moment. «Ups, stimmt ja, du hattest gesagt, du bist erst ab heute da. Hatte ich vergessen in meinem Planer umzuschreiben.»

«Sue, ich muss heute Morgen noch zu meiner Mutter und bin erst so gegen zwei wieder da. Wo bist du denn?»

«Das ist eine lange Geschichte. Erzähle ich dir, wenn ich bei dir bin.»

«Gut, ich kann den Schlüssel zur Nachbarin bringen, für den Fall, dass du eher da bist.»

«Danke Lisa, bis heute Nachmittag.»

Als sie aus dem Zimmer trat, stolperte sie fast über ihre Reisetaschen. Ted hatte sie also bereits geholt. Fantastisch. Sie wusste auch schon, welches Outfit sie anziehen würde. Ihren braunen Rock, die taillierte weiße Bluse und die hellbraunen Stiefel mit dem schmalen Absatz. Darunter die weiße Strumpfhose. Nein, lieber die halterlosen weißen Strümpfe. Ja, es sollte sexy sein.

Eigentlich sollte sie nach dem gestrigen Abend genug vom Sex haben, aber das Gegenteil war der Fall. Sie hatte Mühe, an etwas anderes zu denken.

Als sie geduscht und neu eingekleidet in die Küche trat, roch es schon nach Kaffee und frischen Brötchen. «Guten Morgen», sagte sie etwas befangen. Sie wusste nicht so recht, wie sie ihm nach dem gestrigen Abend gegenübertreten sollte. In welcher Beziehung standen sie nun zueinander? Sie hatte ihre intimsten Geheimnisse mit ihm geteilt, aber sie hatten nicht miteinander geschlafen, sich nicht geküsst, eigentlich gar nichts miteinander gemacht, um sich menschlich näher zu kommen. Das war ihr gestern Abend gar nicht so bewusst geworden.

«Guten Morgen Sue, gut geschlafen?» Er gab ihr einen freundschaftlichen Kuss auf die Wange, so als würden sie sich schon ewig kennen. «Setz dich, das Frühstück ist fertig»

Beim Frühstück erzählte er ihr, dass sein Auto gegen eins fertig sein würde und Sue berichtete von ihrem Telefonat mit Lisa.

«Das trifft sich doch gut, ich fahr dich dann hin. Sind höchstens zehn Kilometer von hier aus. Ich habe auch noch Termine heute.»

«Mit anderen Damen, die sich auspeitschen lassen?», fragte Sue frech. Sie wollte es jetzt genau wissen. «Nein, heute ist es ein Herr», erwiderte er ungerührt.

Sue riss die Augen auf. «Du machst das auch mit Männern?»

«Es wäre dumm, es nicht zu tun», meinte er locker. «Es gibt weit mehr Männer, die zu ihrer Neigung stehen und diese auch ausleben.» Tausend Fragen schwirrten ihr durch den Kopf.

«Nein, ich bin nicht schwul», antwortete er auch ohne, dass sie die Frage gestellt hatte. «Nicht einmal ansatzweise. Aber es ist für mich natürlich nicht schwer, mich in einen anderen Mann hineinzuversetzen. Das Gute an meinem Job ist, dass ich sie nicht berühren muss, und sie dürfen mich nicht anfassen. Meistens stelle ich mir dabei eine attraktive Frau vor. Heute Nachmittag werde ich wohl an dich denken.» Er zwinkerte ihr zu.

«Eine Frage: Um deine Kundschaft zu werben, machst du das dann so, wie bei mir gestern?»

«Das ist die beste Art. Die Person weiß dann, was sie von mir erwarten kann.»

Sue war etwas beleidigt. Natürlich hatte sie denken wollen, er hätte das getan, weil er sie so toll fand. «Die Person», spottete sie.

«He, was willst du? Es hat dir gefallen. Und ich habe es auch sehr genossen. Es war keine Arbeit, sondern reines Vergnügen. Das meine ich wirklich ernst. Und das nicht nur, weil du eine sehr attraktive Frau bist.»

«Wirklich?»

«Ja, ich hatte das Gefühl, als müsse ich gar nicht darüber nachdenken, was du gerne hättest, und ich musste keine Widerstände in dir lösen, damit du machst, was ich gerne hatte. Es lief wie von selbst. So, als wolltest du genau das Gleiche wie ich.» Sie sah ihn an. Er hatte das ganz enthusiastisch gesagt. Richtig ernst. Sie antwortete: «Das war auch so, in jedem Moment.» Sie sahen sich an. Sein Blick ging tief. Sehr tief. Sue konnte kaum noch standhalten. Wieder flackerte das Feuer in ihrem Bauch und in ihrem Schoß.

«Zieh dich aus!», befahl er. *Peng*, schlug der Blitz bei ihr ein. Sie erwiderte: «Zu Befehl, Sir», und stand auf. Sie war mutiger geworden. Langsam knöpfte sie ihre Bluse auf und begann einen lasziven Strip. Nachdem die Bluse zu Boden gefallen war, drehte sie sich um, bog sexy ihren Körper und öffnete den Reißverschluss ihres Rocks. «Das machst du heute aber auch nicht zum ersten Mal», kommentierte er ihr Tun. «Nein, Sir. Ich habe früher getanzt, ein bisschen gemodelt und für meinen Mann gestrippt.» Beim Abstreifen des Rocks dankte sie Gott dafür, dass sie heute Morgen Strümpfe gewählt hatte. Dann stellte sie ihren Fuß auf den Stuhl und griff zum Reißverschluss ihres Stiefels. «Nein», sagte er, «lass die Stiefel an und auch die Strümpfe. Nur BH und Höschen.» Sue gehorchte.

Morley ging um den Tisch herum, legte seine Hand wie eine Schraubzwinge um ihren Nacken und schob sie ins Wohnzimmer. Er trat mit ihr hinter den großen Sessel und drückte sie immer weiter nach unten, bis sie über der Sessellehne hing. «Schön da bleiben!», befahl er, während er ihr kurz ihre Pobacken massierte.

Sue vermutete wegen der Haltung, in die er sie gebracht hatte, dass er wohl vorhatte, sie zu vögeln, und sie freute sich darauf. Doch sie sollte sich täuschen.

Sie hörte, wie er in einer Schublade kramte und dann wieder hinter sie trat. Sie spürte, wie er einen breiten Ledergürtel unter ihren Bauch schob und am Rücken festzog. Dann strich er wieder über ihren Po. Spöttisch sagte er: «Strümpfe, ja?», und schlug fest mit der flachen Hand auf ihren Po. «Du verdorbenes Luder, du wolltest mich verführen.» Noch einmal spürte sie seine scharfe Handschrift. «Ja Sir, ich habe es mir gewünscht, Sir», keuchte sie atemlos. Noch ein Schlag traf ihren Hintern. «Wünsche äußere hier nur ich, verstanden?» «Ja, Sir», hauchte sie. «Verstanden?», fragte er schärfer und ließ seine Hand noch einmal auf ihren Po zischen. «Ja, Sir. Verstanden, Sir», wiederholte sie laut. «So ist es gut», lobte er sie.

Er schraubte eine Dose auf. «Dann wünsche ich mir, dass du jetzt deinen Po entspannst.» Sue spürte seinen Finger sanft über ihren Anus gleiten. Ihr wurde bange. Was hatte er vor? Dann hörte sie, wie er sich Gummihandschuhe anzog, spürte, wie er mit seinem Finger kühle Creme auf ihre Rosette auftrug. Nun hatte Sue Gewissheit, worauf er es abgezielt hatte. Ihr Herz pochte bis zum Hals. Dann spürte sie, wie er seinen Finger langsam in ihr Arschloch schob. Mehrmals vor und zurück. Sie atmete tief ein und aus, um die Spannung auszuhalten. Dann zog er seinen Finger zurück, und sie hörte etwas, was wieder wie Gummi klang. Ihr ungutes Gefühl verstärkte sich. Sie drehte den Kopf, um besser sehen zu können, aber die Lehne war zu hoch. Dafür spürte sie es. Sir Morley presste einen Dildo gegen ihre zarte Rosette. In Panik zogen sich alle Muskeln in ihrem Körper zusammen. Er hielt inne. Stille. Dann sagte er leise, aber sehr, sehr bestimmt: «Es wird dir nicht guttun, dich dagegen zu wehren, weil das sehr schmerzhaft für dich wäre. Ich rate dir wirklich eindringlich, dich zu entspannen. Denn ich mache weiter, darauf kannst du dich verlassen.» Der Druck verstärkte sich. Sie spürte ihre Ohnmacht gegenüber seinem Willen, und das raubte ihr den Atem. Wie eine Ertrinkende sog sie Luft ein und war bereit, sich zu entspannen und den Fremdkörper in ihrem Loch willkommen zu heißen. Der Dildo presste ihre Schließmuskeln auseinander und bohrte sich unaufhaltsam tiefer. Sue stöhnte laut. Er ließ den künstlichen Penis immer wieder leicht kreisen, bevor er ihn noch einen Zentimeter tiefer in ihrem Darm versenkte. Sues Anus war schmerzhaft gespannt und der dumpfe Druck in ihrem Inneren nahm immer mehr zu. Als das Teil in voller Länge in ihr steckte, zog er die Gummihandschuhe aus. Er knüpfte einen Ledergurt an den Gürtel, zog ihn durch eine Öse am Ende des Dildos und zurrte den Gurt bis zwischen ihre Beine. «Umdrehen!», befahl er. Sie schob sich hoch und drehte sich zu ihm um. Sein Gesicht war ernst und fiebrig. Nun bemerkte Sue, dass es zwei Riemen waren, die ihr Erzieher vor ihrer Scheide auseinanderzog und oben am Gürtel links und rechts befestigte. Auf diese Weise wurde nicht nur der Dildo fest arretiert, sondern die Gurte zogen auch ihre Schamlippen auseinander. Wieder wurde ihr bewusst, wie selbstverständlich er über ihre Körperöffnungen verfügte und wie klar er ihr damit sagte, wer hier die Macht hatte. Als er fertig war, schnallte er ihr die schon bekannten Ledermanschetten um die Handgelenke und legte ihr das Halsband um. Er stand so nahe vor ihr, dass sie seine Wärme und seinen Geruch wahrnehmen konnte. Er war voll konzentriert, und sie war sich sicher, dass er zu den Menschen gehörte, die niemals in Verlegenheit gerieten.

Plötzlich klingelte das Telefon. «Setz dich auf den Teppich hier, du hast einen Moment Pause», meinte er barsch und griff nach dem Telefon und schwang sich dabei lässig in den Sessel. Offensichtlich war ein Kunde oder eine Kundin am anderen Ende der Leitung, denn er legte einen charmanten Tonfall auf mit Komplimenten an jene Person und besprach einige Termine. Der Anrufer hatte wohl ein großes Mitteilungsbedürfnis, denn Morley erwiderte streckenweise nicht mehr als «hm» oder «ja». Sue war mit ihren Gedanken jedoch ganz woanders. Wie konnte dieser unglaubliche Mann es bloß fertigbringen, sie stundenlang sexuell zu stimulieren, während er gar nichts von sich zeigte? War er impotent?

Sie krabbelte auf ihn zu, strich an seinen Beinen hoch wie eine Katze, öffnete seinen Gürtel, fühlte suchend und spürte jetzt schon: Er war definitiv nicht impotent.

Sie schickte sich an, ihm die Hose herunterzuziehen. Er half ihr, indem er sich leicht erhob. Nun hatte sie seine Männlichkeit freigelegt. Sie kam näher und leckte am Schaft entlang. Dann stülpte sie ihren Mund über die Eichel und spielte mit der Zunge daran. Tief versenkte sie seinen Penis in ihrem Schlund und war schon mittendrin, ihm kräftig einen zu blasen. Sie hörte ihn ins Telefon sagen: «Ich muss Schluss machen, es klingelt an der Haustür. Bis Dienstag, tschau.» Er strich ihr die Haare aus dem Gesicht und hielt ihren Kopf fest. Leise, leicht belustigt und ohne seine Sir-Strenge meinte er zu ihr: «Du bist gerade dabei, deinen Herrn und Meister zu bestehlen. Hast du eigentlich eine Ahnung, was das für Strafen nach sich zieht?» Am liebsten hätte sie sich mit ihrer von den Riemen weit geöffneten Möse auf ihn draufgesetzt, aber das wäre unpassend gewesen. So legte sie all ihre

Leidenschaft in ihre oralen Künste. Als er kam, riss er ihren Kopf zurück und verspritzte seinen Saft über ihre Brüste.

«Okay, Baby. Dieser Punkt geht an dich», keuchte er und rutschte noch tiefer in den Sessel. «Aber letztlich hast du dir damit ein Eigentor geschossen, denn ohne Druck kann ich dich länger quälen.» Er zog sich wieder an. Danach holte er ein Seil aus der Schublade, drehte ihr beide Arme auf den Rücken und band sie an den Ledermanschetten ihrer Handgelenke zusammen. Das Endstück des Stricks zog er durch das Halsband, sodass die Arme hochgezogen wurden und das Halsband vorne an ihrer Kehle drückte. Er trat einen Schritt zurück und begutachtete sein Werk. Sue spürte ihre Wehrlosigkeit, richtete ihren Körper aber dennoch ganz gerade vor ihm auf, obwohl das Halsband dadurch noch stärker auf ihre Kehle drückte. Er lächelte, als wollte er damit sagen, du kannst dich hier aufbauen, wie du willst. Das bedeutet für mich nur, dass du noch nicht genug hast. Er langte noch einmal in die Schublade, kam auf sie zu und befestigte zwei Klammern an ihren Nippeln, die mit einem feinen, silbernen Kettchen verbunden waren. Er holte noch eine etwas weniger fragile, zwei Meter lange Kette und hängte diese mit einem Karabiner in das Kettchen ein. Schon die kleinste Bewegung der Kette übertrug sich jetzt auf ihre Brustwarzen, was ihr eine extreme Erregung verursachte. Sir Morley musste nicht viel tun, damit Sue ihm bei jeder Bewegung folgte, und sie hatte das Gefühl, dass er das reichlich ausnutzte und sie damit wortlos zehn Minuten lang in alle möglichen Stellungen zwang. Sie kam sich vor wie ein Zirkuspferd, das sich aufbäumte, in die Knie ging und Rollen am Boden machte, wie der Dompteur es von ihm verlangte. Sie bereute jetzt ihre Dreistigkeit und ihren Stolz. Er hatte die absolute Macht über sie. Schließlich dirigierte er sie in den Sessel und befestigte das Ende der langen Kette an einem Haken am Kamin. «Mach es dir bequem, ich werde eine kleine Pause machen.» Er legte im Kamin ein paar Scheite Holz nach, holte sich eine Zeitung, legte sich dann auf das Sofa gegenüber vom Sessel und beachtete Sue nicht weiter.

Wow, dachte sie, auf was hatte sie sich da bloß eingelassen? Seit gestern Abend war ihre Welt nicht mehr dieselbe. Ihr normales Leben war so weit weg wie der Alltag aus einem uninteressanten Film. Alles war aus den Angeln gehoben. Den Mount Everest zu besteigen oder mit einem Kanu das gefährlichste Wildwasser zu befahren hätte für sie nicht abenteuerlicher sein können. Ihr Magen war in ständigem Aufruhr, ihr Herz klopfte wie wild und sie wusste keinen Moment lang, wie es nun weiterginge. Sie setzte sich also so bequem wie möglich in den Sessel, sodass die Klammern ihr nicht die Nippel ausreißen konnten, und versuchte sich zu entspannen. Das war nicht ganz einfach, denn alle Züchtigungen waren deutlich zu spüren: Ihre Pobacken waren immer noch heiß von den Schlägen, wahrscheinlich auch wegen der Peitsche von gestern Abend. Noch heftiger machte sich jedoch der Dildo in ihrem Hintern bemerkbar. Er steckte in ihr wie ein Pfahl. Dann diese Gurte, die ihn am Herausrutschen hinderten und ihre Schamlippen auseinanderdrückten. Ihre Hände waren fest nach oben auf den Rücken gefesselt, das Halsband saß stramm an ihrer Kehle. Und als Krönung die Klammern an ihren zarten Nippeln, die verbunden waren mit einer feinen, leichten Kette, die sie mit den Händen hätte zerreißen können. Das war der absolute Clou aller seiner bisher angewandten «Gemeinheiten». Sie war durch dieses Kettchen so sicher verwahrt wie die Goldbarren in Fort Knox. Und ihre Brustwarzen pochten unaufhörlich. Auch *seine* Anwesenheit erregte sie. Dennoch schaffte sie es nach einer Weile, ein wenig abzuschalten. Sie legte ein Bein über die Armlehne, sah dem Feuer im Kamin zu und merkte nicht, dass Ted die Zeitung weggelegt hatte und sie jetzt beobachtete.

«Was für ein herrliches Bild», sagte er auf einmal. «Die wilden blonden Haare, der schlanke Körper, die offenen Schenkel, weiße Strümpfe, braune Stiefel und schwarze Fesseln. Du siehst aus, wie die Elfenkönigin persönlich, lässig und stolz, und dennoch gefangen.»

Er stand auf und ging langsam um sie herum, legte dann seine Hand auf ihre Brust und spielte mit dem Kettchen. «Ich habe dich gefangen, Elfenkönigin. Du kannst dich nicht befreien. Und bis zu deiner Freilassung gehörst du mir. Mir und meinen Fantasien, denen du dich beugen musst. Was sagst du dazu, Naturkind?» Sue sah ihn an und wusste nicht, was sie hätte erwidern sollen. «Ich habe da eine Idee», meinte er und griff zu den Gummihandschuhen. Dann verschwand er nach draußen. In Sue kribbelte es wieder stärker. Das Spiel ging endlich weiter.

Es dauerte nicht lange, bis er zurückkam, mit einem Strauß Brennnesseln. Er nahm die Kaminkette vom Haken und zog Sue daran langsam hinter sich her in die Kammer. Dort musste sie sich mit dem Rücken an eine Wand stellen, an der eine Eisenschiene befestigt war. Die Schiene hatte mehrere verstellbare Ösen, von denen er die erste in Höhe ihres Halsbandes einstellte, die zweite etwas höher als ihr Gürtel. Beides hängte er in die Ösen ein. Das rechte Bein fesselte er da, wo es stand, an die Schiene, und das linke Bein zog er hoch und fixierte es im rechten Winkeln an der Wand. Ihre Hände hatte er dort gelassen, wo sie waren, was bedeutete, dass sie zwischen Wand und Schulterblättern eingeklemmt waren und ihr Busen sich nun nach vorn wölbte, von dem er die Klammern löste, was Sue als sehr schmerzhaft empfand. Dann zog er sich die Gummihandschuhe wieder an und fing an, ein Brennnesselblatt nach dem anderen von den Stielen zu rupfen und akkurat auf einen Tisch zu legen.

«Bist du sicher, dass das mit den Bre...», sie verstummte sofort, als sie seinen Blick auffing. Er sah aus, als wollte er sie ins Gesicht schlagen, tat es aber Gott sei Dank nicht. Sie wusste sofort, was sie falsch gemacht hatte. Sie hatte beinahe seine Performance kritisiert, und sie hatte ihn nicht mit «Sir» angeredet. Wortlos drehte er sich um, holte einen Knebel, stopfte ihr die Kugel grob in den Mund und zurrte ihn sehr fest. Dann packte er ihre Haar, zog ihren Kopf brutal zurück und flüsterte mit bedrohlicher Stimme ganz nah an ihrem Ohr: «Was habe ich dir vorhin gesagt? Bis zu deiner Freilassung gehörst du mir und meinen Fantasien, denen du dich beugen musst. Ich wusste schon, warum ich das gesagt habe, als hätte ich es geahnt ...» Mit einem verächtlichen Schubs ließ er sie los und arbeitete weiter, als wäre nichts geschehen. Doch Sue war zutiefst erschrocken. Er hatte ihr keine Chance für eine Entschuldigung gelassen.

Als alle Blätter abgezupft waren, war der Tisch voll. Er nahm das erste Blatt. «Jetzt wollen wir doch mal sehen, wie die Elfenkönigin auf

Naturprodukte reagiert.» Er nahm ihre Brust in die Hand und fing an, die Blattoberseite an ihrem Nippel zu reiben. Sue hatte schon die Luft angehalten, aber es war nicht mehr als das Reiben mit dem Finger. Vielleicht brennen die Nesseln auf Brustwarzen nicht, ging es ihr durch den Kopf, doch bevor sie den Gedanken zu Ende gedacht hatte, wurde sie eines Besseren belehrt. Ein spitzes, heftiges Blitzchen schoss mitten hinein in ihr sensibles Gewebe. Sie zuckte zusammen.

«Ah, sie wirken. Sehr gut!» Sir Morley schien wieder bei bester Laune. Er nahm sich die zweite Brust vor. Auch hier schoss das Nesselgift seine Minipfeile in sie hinein. Aber er hörte nicht auf, unbeirrt von der Tatsache, dass sie schon am ganzen Körper bebte, rieb er ein Blatt nach dem anderen auf ihre Brustwarzen. Jeder Stich des Nesselgiftes schien tiefer zu gehen. Sue konnte durch die Arretierung am Hals den Kopf nicht senken, aber sie hätte schwören können, dass ihre Nippel jetzt doppelt so dick wie vorher sein mussten. «Sehr schön. Der Rest bekommt einen anderen Platz.» Dabei strich er mit dem Finger über ihren bloßliegenden Kitzler. Sue bäumte sich auf und versuchte, seinem Finger zu entkommen. Das konnte er doch nicht bringen, dachte sie. Er konnte! Sue wandte sich wie ein Aal und japste hinter ihrem Knebel, doch es nutzte nichts. Ihre Klitoris war binnen kürzester Zeit eine blühende Knospe. Sue zitterte wie unter Starkstrom. «Jetzt aber schnell», meinte Ted plötzlich. Er zog seine Hose aus, stülpte ein Kondom über seinen schon stark erigierten Schwanz und stieß in sie hinein. Sofort begann er, sie heftig zu penetrieren, was zur Folge hatte, dass sie fast augenblicklich in einem Orgasmus explodierte, der sie an den Rand der Ohnmacht brachte. In Sekundenschnelle hatte er den Knebel entfernt, damit sie wieder Luft bekam, und sie von der Wand gelöst. Sie schlang die Beine um ihn und sie fickten weiter. Er band ihr noch die Arme los, worauf hin sie ihm fast zornig den Rücken zerkratzte. Sie rollten über den Boden wie zwei kämpfende Tiere. Er hob sie hoch, ohne ihre Möse zu verlassen, und trug sie zum Teppich im Wohnzimmer. Hier entlud auch er sich. Beide sanken erschöpft zusammen.

Eine Stunde später, als ihr Gepäck schon im Auto verstaut war, fragte Sue: «Ted, ich bin sicher, dass das, was heute geschehen ist, über deine üblichen Serviceleistungen hinaus...» «Das war keine Serviceleistung», fiel er ihr ins Wort, «das war der geilste Sex, den ich seit Jahren hatte.» «Ich hatte noch nie so geilen Sex. Wie kann ich dir danken?» Er lächelte: «Indem du bald mal wieder vorbeikommst.»

Sie küssten sich. Das erste Mal! Dann stiegen sie ins Auto und fuhren los.

Das Fotoshooting

Neue Herausforderungen

Sue verbrachte eine Woche bei ihrer Freundin. Sie hatte ihr von Ted erzählt, aber nicht alle Details. Sue glaubte nicht, dass Lisa sie verstanden hätte.

Es fiel ihr anfangs schwer, überhaupt einen klaren Gedanken zu fassen, weil sie dauernd an die Einzelheiten ihres sexuellen Abenteuers denken musste. Außerdem wirkte das Nesselgift auf seine Weise mindestens noch drei Tage nach, was zur Folge hatte, dass sie ständig mit einer vor Erregung feuchten Muschi herumlief.

Lisa bemerkte, dass Sue sehr aufgewühlt war, und sah es als ihre Aufgabe an, sie abzulenken und auf andere Gedanken zu bringen. Sport ist ein tolles Mittel gegen ein aufgewühltes Innenleben, und deshalb wanderten sie, fuhren Mountainbike und joggten viel. So wurde es schließlich doch noch eine tolle und erholsame Woche. Es war Freitag, der Urlaub neigte sich dem Ende entgegen. Sie saßen gerade beim Abendbrot, als Sues Handy klingelte. Sie sah auf das Display. «Ted.» Sie holte tief Luft. Mit einem Mal war alles wieder präsent. «Hallo?» «Hallo Sue, wie geht es dir?» «Mir geht es gut. Warum rufst du an?» «Hättest du morgen Zeit? Es ist wichtig!» «Du weißt doch, dass ich hier bei meiner Freundin bin. Wir haben uns schon ein Programm für morgen überlegt.» «Gib sie mir mal», meinte Ted. «Wie bitte?» «Hol deine Freundin mal ans Telefon», verlangte Ted geduldig aber bestimmt. Sue seufzte und reichte das Handy an Lisa weiter. Die meldete sich verwundert. Nach wenigen Sekunden lächelte sie und schien sehr angetan von dem, was Ted ihr erzählte. Nach einigen «ja», «nein», «hihi» und «ist schon in Ordnung» hielt Lisa das Handy außer Hörweite und flüsterte: «Er scheint ein sehr charmanter Mann zu sein, dem man schwerlich widersprechen kann. Ein bisschen kann ich jetzt verstehen, warum du so durch den Wind warst.» Sie gab Sue das Handy zurück.

«Ted, was ist denn?», fragte sie. «Ich brauche dich für ein Fotoshooting. Morgen um halb neun hole ich dich ab.»

Nachdem sie aufgelegt hatte, fragte sie Lisa: «Lisa, was hat er dir versprochen?» Lisa lachte: «Nichts.» «Das glaube ich dir nicht.»

Als sie auf seinem Grundstück ankamen, erkannte es Sue nicht wieder. Da war ein Gewusel von Leuten, Autos und Gerätschaften. Ein dicker Typ mit teurem Anzug und Zigarre im Mund kam auf sie zu, deutete auf Sue und verzog sein Gesicht. «Das soll der Ersatz für Elena sein? Willst du mich auf den Arm nehmen? Die hat doch gar keine Kurven und blond ist sie auch. Und sicher keine zwanzig mehr. Ich arbeite doch nicht mit Amateuren», polterte er.

Ted blieb ruhig. «Thomas, es ist nicht meine Schuld, wenn die Models aus der Agentur nicht mit dir arbeiten wollen. Außerdem ist Sue keine Amateurin.» Sue sagte dazu lieber nichts.

«Lass mich ein paar Probeaufnahmen machen. Ich habe da so eine Idee, die gut zu ihrem Typ passt. So im Fantasy-Look mit Manga-Anleihen.» Der Dicke war immer noch skeptisch. «Wie soll das zum Konzept passen?» «Dann lassen wir zwei Konzepte parallel laufen. He, du weißt doch, immer beweglich bleiben, offen für Neues und Gelegenheiten am Schopf packen, das macht einen guten Geschäftsmann aus», meinte Ted zuversichtlich.

Um zu unterstreichen, wer der gute Geschäftsmann war, klopfte Ted ihm auf die Schulter. Thomas reckte sich. «Wickle mich nicht ein mit deinen Ideen. Aber ich gebe dir eine Chance. Mach ein paar Probeaufnahmen mit dem blonden Schneewittchen hier und sieh zu, dass etwas damit anzufangen ist.» Er wandte sich wieder seinem Team zu.

An Sue gewandt erklärte Ted: «Es ist jetzt bestimmt das sechste oder siebte Mal, dass ich mit ihm zusammenarbeite. Anfangs war es noch viel schwieriger, ihn zu etwas kreativeren Konzepten zu bewegen, aber die Auflage seiner Magazine ist durch diese Fotos gestiegen. Und Geld ist schließlich das Geilste für unseren Dicken.» Ted stellte Sue einen Mann vor, dessen Alter schwer zu schätzen war, weil er ein weiches jungenhaftes Gesicht hatte. «Das ist Julian. Ich kenne ihn seit meiner Studienzeit. Er ist ein sehr guter Freund von mir. Außerdem ist er der Kreativ-Direktor des Teams, und er weiß, wie man alles ins beste Licht rückt. Komm, Julian, wir legen gleich los. Sue, zieh doch bitte wieder deine weißen Strümpfe und die Stiefel an. Mehr brauchst du vorerst nicht.» «Aber die Strümpfe haben Laufmaschen, die ...» «Umso besser. Passt gut zu dem, was ich vorhabe. Auf geht's.»

Die gefangene Elfe

Auch im Haus waren Leute. In der Kammer stand eine nackte Frau, die grade sehr kunstvoll in weiße Seile geknüpft wurde. Nun verstand Sue die Ablehnung des Dicken ihr gegenüber ein wenig besser. Diese Frau war der Hammer: Pamela Anderson-Titten und Jennifer Lopez-Hintern, eine sonnengebräunte Haut und schwere dunkle Haare. «Darf ich vorstellen: Alex, Lieblings-Model unseres Dicken und die Muse von Etzel», er zeigte dabei auf einen Mann, der für die kunstvolle Verschnürung verantwortlich war, «dem Großmeister des Japan-Bondage. Und das ist Sue, ein absolutes Naturtalent.» Alex lachte sie mit strahlend weißen Zähnen an und Etzel gab ihr die Hand. Auch er hatte diesen speziellen Gesichtsausdruck, den Sue an Ted so mochte, nur irgendwie germanischer. Auf so was hätte sie auch mal Lust, dachte sie beim Anblick der sauber aneinandergereihten Stricke am Körper des Models.

Sue musste sich wieder in den Sessel vor dem Kamin setzen, ganz ähnlich wie vor einer Woche. Nur dass sie jetzt mit groben, dunkelbraunen Seilen an den Sessel gefesselt wurde. Ted und Julian gaben dabei ein effektives Team ab. Ted schnürte und Julian sagte wo, zupfte dort und drapierte hier. Gleichzeitig wurde Sue von seiner Assistentin geschminkt und frisiert.

Es war für Sue sehr aufregend, als fast Einzige in dieser Menge von Leuten nackt zu sein. Erotische Fotografie oder gar harte Porno-Darstellungen waren für sie immer etwas gewesen, was sie als anstößig betrachtet hatte. Nun war sie selbst als Darstellerin mittendrin. Warum sie das tat, war ihr selbst noch nicht ganz klar, aber sie fand es toll. Die zwei Männer hatten sie ständig im Blick und arbeiteten an ihr wie an einem Kunstwerk. Ted ließ dabei keine Gelegenheit aus, ihren Körper zu berühren. Als er ihre Beine platzierte, streichelte er sie fast massierend von unten bis oben. Als sie fertig waren, hing ihr linkes Bein über der Armlehne und das rechte Bein war weit abgespreizt. Ihre Muschi klaffte weit auf. Die Beleuchter und einige andere männliche Mitarbeiter begafften sie in ihren freien Minuten interessiert. Manche konnten die Augen nicht von ihrer Vagina lassen, und Sue konnte sie nicht verbergen. Sicher glitzerte sie vor Feuchtigkeit. Ihr kam der Gedanke, dass im Falle einer Veröffentlichung auch Bekannte sie so sehen konnten, wenn diese Erotikmagazine lasen. Aber das sollte ihr jetzt egal sein.

Ihre Arme waren leicht gebeugt in unterschiedlicher Höhe an die Rückenlehne gefesselt. Die Stricke schlangen sich um den gesamten Sessel und in wilder, aber effektvoller Unordnung auch um ihren Körper. Ihre Haare waren ästhetisch zerzaust um ihren Kopf und auf ihren Schultern drapiert. Das Bild der «gefangenen Elfe» hatte Ted dazu inspiriert. Zwei Fotografen bezogen Stellung. «Und jetzt schau in das Kaminfeuer und mach dir bewusst, dass du heute das letzte Mal hier sein wirst», sagte Ted bedeutungsschwer.

Sue erschrak. «Poff» machte der Auslöser der Kamera. Sue blickte zu Ted. Er grinste sie an wie ein Wolf, der eben seine Beute entdeckt hat. Er hatte das gesagt, um genau diesen Schrecken für die Kamera einzufangen. Einen Moment lang hätte sie ihn erwürgen können.

Der Dicke kam. Als er Sue sah, fiel ihm fast die Zigarre aus dem Mund. Er war offensichtlich positiv überrascht. Sue fühlte Genugtuung und mimte die trotzige, gefangene Elfe. Julian versuchte, ihm das Konzept noch einmal vorsichtig näher zu bringen, während der Dicke von Sue zum Polaroid und wieder zu Sue sah. «Weiter so, weiter so. Dieses Projekt hatte ich schon lange mal vor», meinte er schließlich geschäftig, «schön, dass du mich daran erinnert hast. Daran erkennt man gute Mitarbeiter.» «Sie erinnert?» Julian schaute sprachlos von seinem Chef zu Ted. Dieser nickte ihm zu, als wolle er sagen, lass ihn reden, er hat den Köder geschluckt, das ist die Hauptsache. Der Dicke brummelte weiter: «Es soll alles im Fantasy-Stil sein. Vielleicht mit einem Manga-Touch. Neun brauchbare Fotos. Ich verlasse mich auf euch, dass das so wird, wie ich mir das vorstelle.» Er tätschelte Julian die Schulter, stopfte seine Zigarre in den Mund und walzte davon. Ted hielt Julian seine Rechte hin und der schlug ein. Dann befreiten sie endlich Sue. «Ich habe die Bilder schon im Kopf.» Julian drehte sich verblüfft zu Ted: «Du bist aber kreativ heute.» «Tja sie inspiriert mich. Die Ideen hatte ich gestern schon und habe alles Nötige dafür veranlasst. Hast du Stift und Zettel? Ich diktiere dir. Sue, den Bademantel kannst du dir überziehen. In der Küche gibt es zu essen und zu trinken. In zwanzig Minuten geht es weiter. Ich hole dich dann.»

Julian schaute Sue verwundert nach. Sie fühlte sich geschmeichelt. Ich inspiriere ihn also, dachte sie. Und das trotz der schönen Models, die er wohl kannte.

Sie kam an der Kammer vorbei. Die schöne Alex kniete darin. Ihr Körper war weit zurückgebeugt, die Hände auf dem Boden abgestützt. Ein doppelt geschlungenes weißes Seil war um ihre Körpermitte gebunden und an einen Haken an der Decke geknüpft. Durch diese Haltung traten ihre unglaublichen Brüste und ihr voluminöser Hintern noch deutlicher hervor. Etzel war gerade dabei, ihr einen speziellen Knebel anzulegen, um auf ihrem Mund eine brennende Kerze abzustellen.

In der Küche wurde sie mit viel Eifer umsorgt. Beleuchter, Fotografen, Kabelträger – jeder wollte ihr ein Getränk holen und sie mit Leckereien eindecken. Respektvoll stellten sie ihr Fragen und behandelten sie wie einen Star. Es war ein prickelndes Gefühl.

Motiv mit Gerte

Für das nächste Foto sollte sie rechts neben dem Kamin knien, die Hände auf den Rücken gefesselt. Vor ihr stand ein männliches Model, ein großer, muskulöser Mann mit freiem Oberkörper, in archaisch anmutende Lederhosen und Stiefel gekleidet. Ted band einen groben Lederriemen um Sues Hals und Julian drapierte ein hauchfeines, cremefarbenes, völlig zerrissenes Spitzenkleid so um ihren Körper, dass alles Wichtige zu sehen war.

Ted zog ihr die Beine auseinander und dem Muskelmann drückte er eine Reitgerte in die rechte Hand und in die linke das Ende des Lederriemens. «Max, du ziehst sie am Riemen hoch und drückst das Ende der Gerte direkt in ihren Spalt», wies Ted ihn an. «Geh einen Schritt zurück. Gut. Sue, so geht das nicht. Du siehst aus, als wolltest du Max nachher zum Frühstück vernaschen. Die wilde Elfe hat ihren Stolz, aber sie ist gefangen. Versuch, die Situation zu erfassen. Max, sie gehört dir. Du hast sie gefangen, und du machst ihr jetzt klar, dass sie dir folgen muss.»

Sue blickte an Max hoch und suchte in ihm den gefährlichen Jäger oder den brutalen Elfenkiller, aber das war er nicht. Er war ein stattlicher, maskuliner Kerl, aber er hatte das typische Gesicht eines Profi-Fitness-Models und sicher keine Erfahrung mit Reitgerten.

Er zog rüttelnd am Riemen und sagte zu Sue: «Los jetzt. Ich hab dich. Los jetzt.»

Er bemühte sich sehr und Sue auch, aber sie musste unwillkürlich lachen. Zweimal versuchten sie es noch, aber Sue konnte sich nicht mehr beherrschen.

Ted war genervt. «Ich kann mir das Elend nicht mehr mit ansehen. Ich bin gleich wieder da.» Keine vier Minuten später kam er in einem schwarzen, Respekt einflößenden Reiterkostüm zurück. Es stand ihm außerordentlich gut. «Ah, der Sir», war der Kommentar von einigen im Raum. Zu Max meinte er: «Gib her, ich übernehme das. Julian, sind die Kameras bereit? Gut.» Sue hatte das Ganze mit ehrfürchtigem Erstaunen verfolgt. Sie kniete bequem auf dem Teppich.

Langsam drehte sich Ted zu ihr mit einem richtig finsteren Blick um. Sue rauschte das Herz ein Stockwerk tiefer und ihr war, als würden tiefschwarze Gewitterwolken aufziehen.

Ohne sie aus den Augen zu lassen, wickelte er minutiös den Riemen um seine linke Hand und zog ihn dann mit einem Ruck hoch. Sues

Kopf flog nach hinten, ihr Hintern hob sich von den Beinen. Ted ließ die Gerte zischend gegen die Innenseiten ihrer Schenkel klatschen, sodass Sue beinahe aufgeschrien hätte, aber dabei die Beine noch weiter spreizte. Er legte die Gerte in ihre Spalte und sprach langsam und bedrohlich: «Du meinst, du könntest hier die verwöhnte Prinzessin spielen? Wage es nicht noch einmal! Du denkst, du würdest mich kennen, aber du weißt noch lange nicht alles über mich. Gar nichts weißt du.» Noch höher riss er den Riemen. Sues Kopf wurde dadurch noch weiter zurückgedreht. Sie musste nicht mehr schauspielern. Das Gefühl, seine ihm ausgelieferte Gefangene zu sein, war echt. «Im Keller dieses Hauses gibt es eine Folterkammer. Eine richtige! Die wirst du heute noch kennenlernen. Mit mir!» Bei diesen Worten drehte er die Gerte in ihrer Spalte, wodurch die Lederschlinge hart an ihren Schamlippen rieb. Im Raum herrschte totale Stille, bis auf das Summen des Kameraauslösers.

Die Bilder waren im Kasten, Ted löste langsam die Spannung zwischen sich und ihr. Aber die Stille hielt an, bis Julian laut herausplatzte: «Mensch Ted, du hast es wirklich drauf. Meine Fresse, da wird einem ja ganz anders, wenn man das so sieht.» «Kannst ja mal vorbeikommen. Es gibt auch für Männer schöne Spielchen.» «Ne, lass mal, ich steh mehr auf Blümchensex», winkte Julian ab. Die Umstehenden lachten. Die Spannung hatte sich gelöst. Sue ging in die Küche und trank einen Schluck Wasser. Ein Fotograf kam herein. «Sue, es geht ins Verlies. Aber vorher noch dieses Röckchen anziehen. Beeilung.»

Verlies

Im Keller war es kühl. Das Verlies unterschied sich tatsächlich nicht sehr von den Folterkammern, die Sue von Burgbesichtigungen her kannte. Eisenringe ragten aus den sandigen Steinmauern, Ketten hingen von der Gewölbedecke und übel aussehende Gerätschaften standen herum. Es war richtig gruselig. Ted, wieder in Jeans, war mit ihr allein. Er legte ihr rostige, breite Handschellen an, an denen Ketten befestigt waren. Richtig mittelalterlich aussehende Teile. Kalt und hart. Er führte die Ketten durch einen Eisenring an der Decke und zog so lange, bis Sues Arme fast gestreckt über ihrem Kopf waren. Dann arretierte er die Ketten. Sie stand einen halben Meter von der Wand entfernt, den Blick auf diese gerichtet. Ted griff in seine Hosentasche und zog etwas Glitzerndes heraus. Es war das silberne Kettchen! Allein der Anblick dieses «Schmuckstücks» sandte Blitze in Sues Magengrube, denn sie wusste, was jetzt folgte: Ted nahm ihre Brustwarze zwischen seine Finger, drehte sie, bis sie hart war, und befestigte die Klammer daran. Dann kam die zweite Brust dran. Das erregte Sue über die Maßen. Wie sollte sie in diesem Zustand vor der Kamera posieren? Und was kam noch?

Vorsichtig zog er sie zur Wand, aus der ein Haken ragte. In diesen hängte er das Kettchen ein. Sue atmete schwer. Das war erst das dritte Foto, aber sie war schon ziemlich durcheinander. Dieses biestige Kettchen setzte ihr auch jetzt wieder so richtig zu. Hübsch, fein und zart hing es in diesem nach oben offenen Haken. Mit der Hand jederzeit herauszuheben. Aber genau das konnte sie nicht. Ted stand mit verschränkten Armen da und beobachtete sie.

Gott sei Dank kam schließlich das Fototeam. Julian reichte Ted eine schwarze Augenbinde, die er Sue wortlos umband. Sie schwankte. Alles fing an, sich zu drehen. Julians Anweisungen halfen ihr, die Fassung nicht zu verlieren. Sie streckte sich und bog ihre Arme nach hinten. Nur als er verlangte, dass sie so weit zurückging, dass eine leichte Spannung zwischen Kette und Brust entstand, musste sie so mit sich kämpfen, dass sie sich nicht rührte. Da hing Ted die Kette, an der ihre Arme zur Decke gezogen wurden, in einen Haken, der noch zwanzig Zentimeter weiter von der Wand entfernt war. Die gewünschte Spannung zwischen Brust und Kette war somit vorhanden, obwohl Sue sich weit nach vorne durchbog. Ihr stockte der Atem. «Okay, Foto perfekt. Danke Sue.» Julian und sein Team packten ein und gingen hoch.

Stille! War sie alleine? Nein, Ted war da. Für sie hatte er eine solche Präsenz, dass sie seine Anwesenheit spürte. Nichts passierte. «Ted?», fragte sie leise. Keine Antwort. «Sir?», probierte sie es noch einmal.

Eine Bewegung. Sie hörte, wie er zur Tür ging, diese von innen verschloss und auf sie zukam. Sue hielt die Luft an. Er fing an, sie zu streicheln. Seine Hände glitten fest und doch sanft über ihre Haut, wie sie es noch nie zuvor getan hatten. Sie stöhnte. Sie war hochgradig erregt, doch er ließ sich Zeit. Sie spürte seinen heißen Atem in ihrem Nacken.

Dann öffnete er den Reißverschluss seiner Hose und schob ihren Rock hoch. «Ich halte es nicht mehr aus», flüsterte er erregt in ihr Ohr. Er atmete schnell. Leidenschaftlich massierte er ihren Po und ließ seine Zunge in ihr Ohr wandern. Sue stöhnte noch lauter. Sie hörten jemanden an die Tür klopfen und nach ihnen rufen. Ted hielt ihr den Mund zu und drang in sie ein. Helle Töne bildeten sich in ihrer Kehle, die an ihren verschlossenen Mund prallten. Dann wanderte seine Hand zu ihrem Kitzler, und er rieb ihn, während er sie heftig penetrierte. Sie wollte gegen ihren Orgasmus ankämpfen, weil man sie dabei hätte hören können. Doch das verstärkte sein Kommen nur noch. Als sie merkte, dass Ted noch schneller wurde, gab es kein Halten mehr. Ein lauter Schrei entrang sich ihrer Kehle, und es war nicht der einzige.

Als Ted und Sue schließlich unten an der Treppe erschienen, polterte der Dicke los: «Dafür werdet ihr nicht bezahlt. Ich glaub, mein Schwein pfeift. Das ist eine verdammte Scheiße, die ihr da bringt. Ich erwarte, dass hier professionell und diszipliniert gearbeitet wird und nichts anderes!» «Dafür haben wir es ja auch getan», unterbrach ihn Ted. «Hä?» «Ja, jetzt ist es uns wieder möglich, konzentriert und diszipliniert weiterzuarbeiten.» Dem Dicken fehlten die Worte. Die übrigen Umstehenden drehten sich weg und grinsten.

Das große Ding

«Welches Magazin verlegt er eigentlich?», wollte Sue wissen. «Er verlegt verschiedene Magazine im Ausland. Meistens arbeitet er auch im Ausland. Ostblock. Da ist es billiger. Für den deutschen Markt produziert er eine entschärfte Version. Das erreicht man meist schon durch den Winkel, aus dem das Foto gemacht wird. Deshalb sind auch immer zwei Fotografen da, die um dich herumspringen. Wie wir allerdings die Softversion für das nächste Bild hinbekommen sollen, weiß ich noch nicht.» «Wieso?» «Wirst du schon sehen ...», und mehr sagte er nicht.

Sue wurde in Teds Schlafzimmer geführt und dort vor dem großen Fenster an die beiden Halterungen der Gardinenstange gekettet. Sie trug ein ärmelloses weißes Spitzentop, so fein und fedrig wie der schief drapierte Vorhang vor ihr am Fenster, und filigrane, hohe Sandalen über ihren schon arg mitgenommenen Strümpfen. Ihre rechte Brust lugte aus dem Oberteil und an ihrem Rücken hatten sie es so drapiert, dass ihr runder, durchtrainierter Po völlig unbedeckt war. Ihr Haar wurde noch einmal gestylt, denn dieses Foto würde sie von hinten zeigen. Sue sah aus dem Fenster. Unten im Garten standen ein paar Leute und schauten zu ihr hoch. Die Sonne schien.

Dann war da ein bekanntes Geräusch. Die Dose mit dem Gleitgel. Es ging um ihren Arsch! Während Ted sie eincremte, erklärte er Max, dem männlichen Model, er solle Sue den schwarzen Dildo nur zu einem Drittel der Länge einführen, damit man seine Ausmaße auf dem Foto noch erkennen könne. Sue drehte den Kopf nach hinten, um zu sehen, wovon Ted sprach, woraufhin er ihr mit einem Griff in den Nacken den Kopf nach vorne drückte. «Wer wird denn so neugierig sein? Du musst nicht wissen, was hier passiert, du musst nur deinen Arsch hinhalten», belehrte er sie, und an Max gewandt fuhr er fort: «Sei aber vorsichtig! Dieses Kaliber ist Sue nicht gewohnt.» «Keine Sorge. Damit kenn ich mich aus. Ich liebe Analsex.» Sue merkte wie Max – wesentlich selbstsicherer als bei der Aktion mit der Gerte – hinter sie trat und ihre Hüfte griff. «Bleib ganz locker, Lady», meinte er freundlich. «Das Ding hat zwar keine normalen Ausmaße, aber wenn du ganz locker bleibst, schaffen wir das schon.» Das fand Sue nicht wirklich beruhigend. Gott sei Dank hatte sie gerade einen ordentlichen Orgasmus gehabt. Dadurch war sie schon ein wenig entspannter. Angsterfüllt hielt sie ihren Po hin. Vorsichtig drückte Max den Dildo gegen ihren Anus. Mit sanften Drehbewegungen presste er ihn weiter. Sie atmete heftig. Es tat ihr sehr weh, aber das Ding war noch keinen Zentimeter drin. Wie dick war das Teil denn? Max hielt inne, ohne den Druck zu verringern. Er massierte ihre Muskeln und redete beruhigend auf sie ein. Dann verstärkte er wieder den Druck. Ihre Rosette war zum Zerreißen gespannt. Millimeter für Millimeter arbeitete sich das schwarze Ungetüm vor. Sues Beine fingen an zu zittern. «Ruhig, ganz ruhig, er ist schon drin. Das Schlimmste ist geschafft. Jetzt passiert nicht mehr viel.» Sue atmete tief durch, und Max schob den Dildo in einem Zug so weit in ihr Loch, dass sie aufschrie und dabei mit energischer Vehemenz nach vorne auswich, wodurch Max sie kaum mehr halten konnte. Ted stellte sich vor sie und drückte ihre Hüften wieder zu Max. Eingeklemmt zwischen den zwei Männern und in Anbetracht der vielen Leute um sie herum fühlte sie, wie ihr Widerstand brach.

Mit sanfter Stimme meinte Max: «Siehst du, war doch gar nicht so schlimm.»

«Ach ja?», erwiderte Sue mit gequältem Tonfall. «Passiert nicht mehr viel, hast du gesagt. Außerdem sollte das Ding nur zu einem Drittel rein, aber du hast ihn ganz hineingeschoben!» «Das ist nicht wahr, Sue. Du hast nur keine Ahnung von den Ausmaßen des Dildos», konterte Max.

Mit dem schwarzen Prügel im Arsch musste sie nun posieren: Rücken durchbiegen, Po rausstrecken, Bein anwinkeln, so als wollte sie ihrem Peiniger davon und aus dem Fenster springen. Ihr Arschloch pochte und schmerzte wie wild. Sie hatte das Gefühl, jeden Moment zu zerreißen. Als die Session zu Ende war, musste Max das Mörderteil fast genau so langsam wieder herausziehen, wie er es in sie eingeführt hatte.

«Jetzt darfst du ihn dir auch mal ansehen», sagte er, nachdem er das Kondom abgezogen hatte. Sue erschrak. Das Ding war dreißig Zentimeter lang und fünfeinhalb Zentimeter dick. Und das in ihrem fast jungfräulichen Hintern. «So was mutet ihr mir zu, ihr Schweine?», empörte sie sich. Max wog den Dildo locker in seiner Hand und lächelte, als er zu Ted gewandt sagte: «Aber es sah verdammt geil aus, stimmt's Sir?» Ted grinste frech.

«Stimmt, es sah verdammt geil aus.»

In der Falle

Im Wohnzimmer führte Etzel gerade Alex wie einen Hund spazieren. Sie war komplett von rotem und schwarzem Latex verhüllt, außer ihr Busen, Hintern und Kopf. In ihrem Mund steckte ein golfballgroßer roter Knebel. Es war das Bild einer klassischen Männerfantasie. «Etzel, wenn du fertig bist, brauche ich dich», meinte Ted im Vorbeigehen. «Fünf Minuten, Ted. Alex braucht jetzt ohnehin eine Pause.»

Gegenüber vom Kamin war eine Wand mit Waffen. Da hingen Schwerter, Hellebarden, Morgensterne und Streitäxte. Vor dieser Wand sollte Sue schweben. Sie hatte sich schon gewundert, für was dieses traversenartige Gestell gut sein sollte, das davor aufgebaut worden war. Nun, es war für sie. Ted erklärte Etzel, wie er es sich vorgestellt hatte: «Es soll so aussehen, als sei sie in eine Falle getreten, die sie in diese Position gezogen hat. Der Körper in einem geschwungenen Bogen. Von den Armen – die Hände zusammengebunden als höchster Punkt – bis zum linken, also vorderen Bein, das vielleicht zwanzig Zentimeter tiefer hängt als die Arme. Das rechte Bein hängt frei nach unten. Die Seile sollen so angebracht sein, dass es nicht so ordentlich aussieht, weil es dann zu konstruiert wirkt. Es soll wirklich eine Gefangennahme darstellen und keine Zirkusnummer.»

«Ich kann dir helfen, sie so zu binden, dass sie es da oben gut aushält. Für das Gestalterische holst du nachher besser noch Julian. Der hat den besten Blick für deine Ideen», antwortete Etzel. Und so machten sie sich an die Arbeit. Noch hatte Sue festen Boden unter sich. Etzel wand kunstfertig lange Strecken Seil um ihre Unterarme, bis sie fest miteinander verbunden waren. Ted legte Seile um ihre Taille. Sie war für diese Aufnahme völlig nackt. Das zeige ihre Verletzlichkeit besser, meinte Ted. Die Visagistin hatte die Idee, man könne Sue am Computer ja noch ein paar Elfenflügelchen anbringen, woraufhin die Männer witzelten, wie ramponiert diese dann aussehen müssten. Sue fragte sich, ob nicht alle Models grundsätzlich eine devote Ader haben müssen. Schließlich werden sie in ihrem Job immer als Objekt gesehen ...

Die Enden der Seile wurden nun über die oberen Querstreben gelegt. Sie hatten Julian geholt und zogen Sue nun langsam hoch. Ihr Körper begann, sich in die Länge zu strecken, ihr Rücken bog sich durch, und wenn sie das rechte Bein nach unten hängen ließ, war sie schon fast im Spagat. Ihr Körper war zwar immer noch gut gedehnt von den Tanzstunden früher, aber hier mussten ihre Sehnen und Bänder schon eine Grenze überwinden. Langsam und vorsichtig löste sich die Anspannung aus den Muskeln, bis sie sich an die exponierte Haltung gewöhnt hatten. Sie hing vorerst in etwa einem Meter Höhe, und Etzel und Julian führten die letzten Korrekturen aus. Etzel versetzte mit wenigen Handgriffen ein paar Seile, und Sue merkte sofort, wie der Zug der Schwerkraft sich besser verteilte und ihr Körper zwar gedehnt, aber relativ bequem in den Seilen hing. Etzel war wahrlich ein Künstler.

Dann ging es höher. Sie fing leicht an zu schaukeln, was ihr ein flaues Gefühl in den Bauch zauberte. Sue war nicht schwindelfrei und die Höhe machte ihr Angst, so schön das Schaukeln auch war. Sie befolgte die Anweisungen Julians, warf den Kopf zurück und wand sich, als wollte sie sich aus dieser misslichen Lage befreien. In Wahrheit hoffte sie jedoch, dass die Seile sie auch sicher hielten.

«Okay, alles im Kasten», riefen die Fotografen. Sue blickte nach unten. Die ganze Crew stand unter ihr, auch der Dicke. Dieses Schauspiel hatten sie sich nicht entgehen lassen wollen. Unten angekommen war Sue ziemlich fertig. Sie hatte Hunger und fühlte sich, als hätte sie auf der Streckbank gelegen. Aber Ted bestand darauf, noch ein Motiv zu verwirklichen.

In den Armen des Monsters

Max kam gerade aus der Maske, die seit dem Foto mit dem Dildo damit beschäftigt war, ihn in einen echten Uruk-hai aus dem Film *Herr der Ringe* zu verwandeln. Sue trug wieder das zerrissene Spitzenkleidchen und die Hände wurden ihr auf den Rücken gefesselt. Dann ging es nach draußen. Sie suchten sich in dem verwilderten Garten die zugewachsenste Stelle aus. Sues Körper wurde mit Lehm beschmiert, dann hob Max sie in seine starken Arme. Sie konnte nicht verhehlen, dass ihr das gut gefiel. Stärke ist einfach eine schöne Eigenschaft von Männern.

Julian korrigierte die Pose. Er legte ihr den halben Po frei und die Brüste. Die Finger der Hand, mit der Max ihren Oberkörper hielt, sollten ihre Brust berühren. «Und jetzt Sue, zeig uns deine ganze Erschöpfung. Du liegst ohnmächtig und völlig willenlos in seinen Armen», sagte Ted. Das war ein Befehl, dem sie nur allzu gerne nachkam. Sie ließ den Kopf nach hinten fallen und die gefesselten Hände hingen schlaff nach unten. Sie entspannte bereitwillig jeden Muskel in ihrem Körper. «Und jetzt Max, zeig uns, was dir deine Beute wert ist.»

Dass Max eine samtene, dunkle Stimme hatte, davon hatte Sue sich schon bei der Dildo-Aktion überzeugen können. Aber was jetzt kam, ließ sie heftig zusammenzucken. Er brüllte wie King Kong. Das ganze Set lachte. Sue stöhnte und glitt mit etwas Theatralik zurück in ihre entspannte Haltung und hing sehr malerisch in den Armen des knurrenden, grollenden und zähnefletschenden Uruk-hai.

Als sie fertig waren, meinte Ted zu Max: «Es tut mir leid, aber ich muss Sue jetzt eine Pause gönnen, brauche dich später aber noch mal in dieser Maske. Das heißt, du musst jetzt eine Stunde als Monster rumlaufen.» «Dann geh ich jetzt vor auf die Straße und erschrecke Autofahrer», feixte Max. «Max!» «He, du weißt doch, dass ich das nicht tue. Aber so eine Maske ist geil. Wollen wir nicht noch mal das Foto mit der Reitgerte machen? Ich denke, jetzt kann ich es.»

Ted bemerkte, dass Max seinen Spaß hatte, lächelte und ging ins Haus. Nachdem Sue geduscht und gegessen hatte, sagte sie zu Ted, der mit Etzel und Julian im Wohnzimmer saß: «Ted, ich geh nach oben und leg mich kurz hin. Ich schlafe nicht, ich brauche einfach kurz Ruhe.»

Oben wollte sie in das Gästezimmer gehen, als sie durch den Türspalt sah, dass dort Max in voller Maske mit der Visagistin vögelte. Sue lächelte. Aber wohin jetzt? Die einzig andere Möglichkeit war Teds Schlafzimmer. Sie traute sich kaum dort hinein. Es war so etwas wie sein Hoheitsgebiet. Sie zog ihren Bademantel aus, legte sich auf das ordentlich gemachte Bett und zog die Decke hoch. Eigentlich hätte ihr Kopf rauchen müssen wegen der ungeheuerlichen Fülle von außergewöhnlichen Eindrücken. Aber ihr Kopf war leer. Sie schloss die Augen.

Etwas strich ihr die Haare aus dem Gesicht. Sie öffnete die Augen. Ted saß neben ihr und sah sie an: «Auf geht's, wir müssen weitermachen. Die Sonne steht gerade günstig.» Sue war irritiert. «Aber ich bin doch gerade mal seit zwei Minuten hier.» Ted lächelte. «Es dürften eher vierzig Minuten sein, Kleines. Wir haben gleich fünf.» Sue schreckte hoch. «Ich bin eingeschlafen.» Ted drückte ihr einen Kuss auf die Stirn. «Es geht draußen weiter. Ich geh schon mal vor.»

Am Baum

Für das siebte Foto wurde sie an einen alten knorrigen Baum gefesselt, und zwar in ähnlicher Weise wie beim ersten Bild an den Sessel. Rostige Ketten und fransige Seile verbanden sie mit dem Stamm. Sie trug wieder den zerrissenen Spitzenfetzen, ihre lädierten Strümpfe und die inzwischen verstaubten High Heels. Gesicht und Körper wurden wieder mit Lehm beschmiert. «Wir sind so weit», sagte Julian, und einen Moment lang wunderte sich Sue, dass sie keine Instruktionen bekommen hatte. Aber schon im nächsten Moment war direkt vor ihr eine furchterregende Fratze und eine Pranke, die nach ihr griff. Zu Tode erschrocken schrie sie wie am Spieß und riss die Hälfte ihrer Fesseln vom Baum. Alle Umstehenden brüllten vor Lachen. Julian arrangierte die Fesseln neu und Ted grinste frech wie ein Schuljunge: «Wir haben die Kamera laufen. Kommt ins Internet.» Sue war sauer. «Du bist ein elender Mistkerl, weißt du das!» «Vorsicht», warnte Ted. «Du redest mit deinem Gebieter.» Sue grummelte vor sich hin, ihr Herzschlag hatte sich immer noch nicht beruhigt, und an Max gewandt sagte sie: «Alle Achtung, Max! Lässt man dir ein bisschen Zeit, läufst du zu Hochform auf, oder macht das der Einfluss der Leute hier?» Den letzten Satz sagte sie sarkastisch mit einem Seitenblick auf Ted. Der amüsierte sich köstlich. Julian trat mit einer schwarzen Augenbinde an Sue heran und band sie ihr um. «Wir haben zwar deinen Schrecken eingefangen, aber wir machen noch eine weitere Version dieser Szene, zur Sicherheit. Kopf zurück, banger Gesichtsausdruck, Schauder und Erregung bitte.» Letzteres zeigte sich von ganz alleine auf ihrem Gesicht, als Max auf Teds Geheiß die Kralle seines Mittelfingers auf ihre Brustwarze setzte.

Als sie fertig waren, wurde die Crew gerufen, um drinnen weiterzumachen. Ted befreite Sue von den Fesseln. «Für das nächste Bild musst du Schuhe und Strümpfe ausziehen.»

Sue schnaubte und klagte mit vorwurfsvoller Stimme: «An, aus, an, aus, dazwischen ein bisschen erschrecken und die ganze Zeit rumkommandieren ...» Sie verstummte abrupt, denn Ted hatte sie hart an der Kehle gepackt und kam nah an ihr Gesicht. Die Muskeln zwischen seinen Kiefern zuckten und seine Augen schossen Dolche ab, als er sie durch die zusammengebissenen Zähne anzischte: «Reiß dich zusammen, junge Lady! Ich mach dich hier vor versammelter Mannschaft fertig, und Gnade dir, wenn du dich sträubst!» Er ließ sie los, warf ihr noch einen bitterbösen Blick zu und ging.

Am Teich

Für das achte Foto wurden ihre Haare mit Hilfe von Wasser komplett geglättet. Während Sues Hände auf den Rücken gefesselt wurden, erwähnte Julian, dass Ted im nächsten Bild die Rolle des Elfenpeinigers übernehmen würde. Mit einem Kopfschütteln sah er auf seine Notizen und murmelte mehr zu sich selbst als zu den anderen: «Klar, dass er das selber macht.» Sue hatte es gehört, und das komische Gefühl, das sie nicht mehr losgelassen hatte, seit Ted ihr sein bedrohliches Versprechen gegeben hatte, verstärkte sich. Teds Autorität traf bei ihr ohnehin einen Nerv, und seit der Szene mit der Gerte wusste sie, dass Zuschauer ihn nicht daran hinderten, ihr das Fürchten zu lehren.

Sie wurde an den Teich geführt. Ted erschien im Reiterkostüm und um seine rechte Hand hatte er eine Bullenpeitsche gewickelt. Sue erschrak. Sie versuchte, sich zu beruhigen. Das hier war trotz allem keine Session, sondern ein Fotoshooting. Es würde ihr nichts passieren. Ted nahm Sue mit ernster Miene in Empfang und führte sie an eine feuchte, wild bewachsene Stelle nah am Wasser. «Hinknien!», befahl er. Sue gehorchte. Er zog mit der Linken an dem Riemen, der ihre Fesseln hielt, ihre Arme hoch. Gleichzeitig drückte er mit dem harten Ende der Peitsche ihren Kopf nach unten, bis sie vornübergebeugt vor ihm kniete. Sue leistete Widerstand. Sie empfand diese Haltung vor all den Menschen hier sehr erniedrigend.

Mehrere Sekunden lang passierte gar nichts. Dann fragte Ted leise, aber mit gefährlichem Unterton: «Hat die Lady ein Problem?» «Nein Sir, keines», erwiderte Sue unwillkürlich. Sie hatte ihn «Sir» genannt. Er schien das als korrekt aufzufassen und fauchte scharf: «Das will ich dir auch geraten haben», und knallte dabei laut mit der Peitsche. «Wasser», forderte er, woraufhin Julian wortlos den Schlauch nahm und Sue komplett nass spritzte. Sie begann vor Kälte zu zittern. Es hatte nicht mehr als 16 Grad und das Wasser war eiskalt. Ted ließ erneut die Peitsche knallen. Ihr Ende ringelte sich dekorativ vor Sues Knien auf den Boden. Er zog an der Armfessel, und sie musste aufpassen, dass sie nicht vornüberkippte. Was er dann tat, ließ Sue das Blut in den Adern gefrieren, und das erste Mal hatte sie das Bedürfnis davonzulaufen. Er stellte seinen Stiefel in ihren Nacken und drückte sie noch tiefer. Ihre Arme schmerzten und sie roch die feuchte Erde, als die Fotoapparate summten. Aber selbst als Julian «alles im Kasten» sagte, hörte Ted nicht sofort auf. Stille trat ein. Eine Sekunde, drei, vier, fünf ... Sue schloss die Augen und biss sich auf die Zähne. Endlich sagte er «Okay» und half Sue auf die Beine. Julian warf ihr den Bademantel über.

Ted sagte zu ihm: «Das letzte Bild wie besprochen am Pfahl. Hände gefesselt lassen. Ich zieh mich nur schnell um.» Er verschwand.

Julian sah Sue besorgt an. «Alles in Ordnung?», fragte er. Sie atmete tief ein und nickte. «Ich kenne ihn», meinte Julian, «manchmal packt es ihn, und dann ist er ein richtiges Schwein. Aber er hat sich noch nie völlig vergessen und körperliche Verletzungen sind ein absolutes Tabu für ihn. Und wenn du dich eben mit aller Macht gegen ihn entschieden hättest, hätte er dich auch gelassen, nur hättest du dann wahrscheinlich nicht mehr wiederzukommen brauchen. Es ist halt das Herrische, das er ausleben muss. Ja, ich gebe zu, seine Fantasie kennt dabei keine Grenzen, aber du bist bei ihm sicher, wie im Schoß deiner Familie. Außerdem mag er dich sehr und schätzt deine Stärke. Das sehe ich deutlich.» «Danke Julian, das ist lieb. Das habe ich jetzt gebraucht.» Sie lächelte den Mann mit dem Jungengesicht an. «Nichts für ungut. Komm, das letzte Bild wartet auf uns.»

Am Pfahl

Sue hatte diesmal das heile weiße Kleidchen an. Ted war wieder da und half dabei, Sue an den Pfahl zu binden. Er war ganz locker, als wäre er nie anders. Er hatte eine fast zwei Zentimeter dicke Kette, die er Sue über die Schulter legte und das eine Ende zwischen ihre Beine fädelte. Das andere Ende schlang er um den Pfahl hinter ihr und vorne um ihren Hals, um den schon Stricke von Julian gebunden waren. Hinter ihr führte er die Enden übereinander und wickelte das eine um ihre ebenfalls schon verschnürte Taille. Julian war gerade dabei, ihre Füße dicht zusammen an den Pfahl zu wickeln. Dann zupfte er das Kleidchen von der Kette weg, wo diese zwischen ihre Beine führte. «Die Kette ist zu locker», sagte er. Ted zog sie fester. Das kalte Eisen drückte sich in ihre Spalte. Sie sog zischend die Luft zwischen den Zähnen ein. «Ach ja, beinahe hätte ich es vergessen.» Ted nahm das zweite Ende der Kette und führte es mit beiden Händen zu Sues Mund. Mit dem Finger strich er sanft über ihre Lippen, als wolle er sagen: «Schön den Mund aufmachen!» Sue erinnerte sich an Julians Worte. Es gab für sie wohl keine schlimmere Strafe, als für immer gehen zu müssen. Also folgte sie gerne Teds Wunsch und öffnete den Mund, damit er ihr die kalte Kette hineinlegen konnte. «Gleich fertig. Nur noch eine klitzekleine Gemeinheit», kam es von Julian. Er holte den Schlauch und spritzte sie wieder von Kopf bis Fuß nass. Sue empfand es diesmal weniger schlimm, denn sie war jetzt an die Temperatur gewöhnt. Die Haltung war nicht mehr so erniedrigend wie die am Teich und das Ende des Shootings war nah. Sie gab noch einmal alles. Sie räkelte sich lasziv und stolz und gab sich ganz dem Gefühl des Ausgeliefertseins hin. Als das Okay kam, johlten und klatschten alle. Etzel und Alex waren eine halbe Stunde früher fertig geworden und waren zum Schluss auch unter den Zuschauern. Die Helfer fingen an, alle Utensilien zu verstauen, und es ging dabei laut und lustig zu. Alex kam auf Sue zu. Sie hatte einen bewundernden Gesichtsausdruck: «Wir haben es geschafft, was?» Sue lächelte. «Ja, Gott sei Dank.» Alex legte freundschaftlich den Arm um Sue und rief: «Ted, wie wäre es, wenn du uns Ladys mal ein heißes Bad gönnen würdest. Ich habe Abdrücke von allem Möglichen auf meinem Körper und deine Elfe ist halb erfroren.» «Ich hab Thea schon Bescheid gesagt», gab er zurück.

«Na, da denkt einer mit», sagte Alex anerkennend.

Dessert

Das Bad war herrlich. Sue saß mit Alex in der geräumigen Wanne. Den ganzen Tag hatte sie Beobachter um sich gehabt – und jetzt auch! Die Fotografen hatten sich eine Kamera geschnappt und filmten die Frauen beim Baden. Sue nahm sie kaum noch wahr. Anders Alex. Sie räkelte sich nicht nur im Bad, sondern auch in der Aufmerksamkeit. «Ist das nicht toll?», begeisterte sie sich. «Los, wir bieten ihnen einen Nachschlag.» Sie nahm Sues Hände und legte sie sich auf ihre Brüste. Sue streichelte und knetete die für sie ungewohnten Formen. Alex machte «ah» und «oh», leckte sich über die Lippen und drückte sich gegen Sues Hände.

«Sind die echt?», entfuhr es Sue spontan. «Was ist schon echt?», wich Alex mit sexy Stimme aus. «Meine sind echt.» Alex berührte nun ihrerseits die Brüste von Sue. «Sie sind wunderschön.» Die Frauen streichelten und verwöhnten sich immer mutiger. Sue bemerkte, wie gezielt Alex alle ihre Bewegungen zur Kamera ausrichtete. Kein Detail passierte verdeckt. Sie hatte auch wie selbstverständlich die Führung übernommen. «Warum lässt du dich fesseln?», fragte Sue neugierig. «Es ist die einzige Möglichkeit, den Kontrollhebel im Kopf umzulegen. Ich habe den Ablauf der Dinge nicht mehr in der Hand. Es ist zu vergleichen mit der Talfahrt in einer Achterbahn. Es prickelt unbeschreiblich.» Alex zog Sue hoch. Sie standen jetzt in der Wanne, ihre Brüste berührten sich und Alex schob ihre Hand zwischen Sues Beine. Pfiffe, Zischen und Fotoklicken drang an ihre Ohren. Sie machten weiter und erkundeten den Körper des anderen ausgiebig. Dann legten sie sich auf einer Wannenseite nebeneinander. Alex hatte den Arm um Sue geschlungen. Ted war in den Raum getreten, sah die beiden und lächelte. «Schön, dass ihr euch so gut versteht.» «Verstehen ist gut», meinte einer der Fotografen, «die beiden haben uns gerade eine Extraperformance geliefert. Ich hab es auf Video.»

«Mach mir eine Kopie», sagte Ted und ging wieder hinaus. Zuvor drehte er sich kurz um und zwinkerte Sue zu. Alex hatte gespürt, wie Sues Haltung sich verändert hatte, als Ted den Raum betreten hatte. Sie sah Sue an, wischte eine nasse Strähne aus ihrem Gesicht und zog sie nah an sich heran. «Ich hab einen guten Rat für dich», flüsterte sie, «lass dich mit dem Herzen nicht zu tief auf einen Dominus ein. Ich weiß, wovon ich rede. Es ist nicht gesund. Keine Sucht ist gesund.» Dann küsste sie Sue. Die Männer um sie herum johlten. Schließlich ließ Alex die leicht irritierte Sue los und verkündete: «Feierabend für heute. Da muss aber schon noch eine Extragage für uns drin sein für die Badnummer hier oder ich fülle euch die Kameras mit Schaum.» Der Dicke war eingetreten, gerade rechtzeitig um Alex' letzten Satz zu hören. «Du musst dich nicht beschweren, Alex. Deine Gage ist weiß Gott hoch genug.» «Du verdienst an mir auch genug», konterte sie, während sie auch aus dem Abtrocknen eine Performance machte. Und ich weiß auch, was Elena bekommen hätte, wenn sie da gewesen wäre, und ich finde, dass Sue bessere Arbeit geleistet hat als diese Zicke. Also hat Sue auch eine bessere Gage verdient.» «Wenn du so weiter machst, habe ich dich heute das letzte Mal gebucht», drohte er ihr. Julian, der gleich nach dem Dicken ins Bad gekommen war, mischte sich ein: «Alex hat recht. Sue hat sich die Gage sehr wohl verdient.» «Das war doch keine Arbeit für sie. Das hat ihr doch Spaß gemacht», grummelte er beim Hinausgehen.

Zwei Stunden später war Ruhe im Hause Morley eingekehrt. Es saßen nur noch Alex und Etzel, Julian, Ted und Sue bei einem wohlverdienten Drink in der Küche. Gerade hatten Alex und Julian die Diskussion mit dem Dicken erzählt, da meinte Ted zu Sue: «Er versucht es jedes Mal. Du bekommst deine Gage natürlich in voller Höhe.» «Der Dicke hatte schon recht. Es hat mir wirklich sehr gefallen», erwiderte Sue mit einem frechen Lächeln im Gesicht. Ted sah sie amüsiert an und sagte dann leise zu ihr: «Ich weiß ...» Er machte eine Pause. «Möchtest du heute Nacht bei mir bleiben? Ganz ohne Spiele. Höchstens ganz normaler Blümchensex.»

Von Julian kam es lachend: «Alex, Etzel, es wird Zeit für uns zu gehen. Es war klasse heute. Sue, es war angenehm, mit dir zu arbeiten. Ich schicke dir Abzüge von den Bildern zu. Ich bin sicher, sie sind super geworden. Und Ted – das mit dem Blümchensex glaube ich dir nicht.»

Die Zeremonie

Erinnerungen und Neues

Es war nicht leicht für Sue, wieder in den Alltagstrott hineinzukommen. In dem kleinen Geschenkeladen, den sie mit ihrer Geschäftspartnerin Bärbel führte, hatte sie gleich am Montag einen Termin mit einem Händler für indischen Schmuck. Sie brauchte eine ganze Stunde länger für den Einkauf als gewöhnlich. Als Bärbel die eingekaufte Ware sah, fragte sie besorgt: «Was hast du denn da eingekauft? Diese breiten Armreifen ohne jede Verzierung. Seit wann gefällt dir so etwas? Und diese vielen Silberkettchen bekommt man in jedem Kaufhaus billiger. Und Slave-Bracelets sind mega out! Was hast du dir dabei gedacht?» Da erst merkte Sue, dass sie in Gedanken noch an Ted «gefesselt» war. «Entschuldige Bärbel, ich bin noch nicht richtig fit.» «Das ist typisch. Wenn die Leute aus dem Urlaub kommen, müssen sie sich erst einmal davon erholen. Was hast du denn gemacht?» «Zu viel Sport», wich Sue aus.

Aber sie kam schnell wieder in den Alltagstrott hinein. Es waren drei Wochen vergangen, als ein Anruf von Ted kam. Sie solle ab Freitag auf ihre Post achten. Am Dienstag darauf lag ein steifes Kuvert in DIN-A-4-Größe im Briefkasten. Absender Julian. Die Bilder!

Als Sue sie durchsah, war sie begeistert. Es waren richtige Kunstwerke. Sie hatte bis dahin gar nicht gewusst, dass sie so gut aussehen konnte. Alle Bilder waren nachbearbeitet worden und hatten nun tatsächlich die Stimmung eines Fantasy-Films. Julian hatte ihr jeweils beide Versionen geschickt. Die Soft- und die Hardcore-Variante. Sie suchte das Bild mit dem Dildo heraus. Und bloß vom Betrachten des Abzugs wurde ihr schon wieder heiß. Man sah deutlich, dass dieses riesige schwarze Ding echt war, das da in ihrem Hintern steckte. Sie nahm das Foto mit der Reitgerte. Da war Ted in seinem Element. Alles war ihr wieder präsent. Das Bild, wo sie in den Seilen hing, war sehr eindrucksvoll, ebenso die Bilder mit Max in seiner Maske. Dann zog sie das Foto, das im Verlies gemacht worden war, hervor. Unvorstellbar, was die Kamera da eingefangen hatte. Ihr wurde wieder schwindelig. Jedem, der das Bild betrachtete, musste augenblicklich ihr Gefühlszustand klar sein. Sie warf die Fotos auf den Tisch, zog BH und Shirt gleichzeitig aus, streifte ihren Slip herunter und rieb sich den Kitzler. In diesem Moment klingelte ihr Handy und es war ausgerechnet Ted. Ihr Herz klopfte, als sie sich meldete. «Hallo Sue, hast du die Fotos vor dir liegen?» Sue war überrascht. «Woher weißt du das?» «Sie lagen heute auch bei mir im Briefkasten. Und du hast mir mal erzählt, wann du abends nach Hause kommst.» Sue wunderte sich, was er sich alles merken konnte. «Hab ich dich bei etwas Bestimmtem gestört?» Sue fühlte sich ertappt. Sie stotterte: «Na ja, ich hab ... ich ... mich haben die Bilder so ... also ich finde sie halt erotisch und ...» Ted unterbrach sie: «Ich sollte dich übers Knie legen, dir den Slip herunterziehen und den Hintern versohlen.» «Der Slip ist schon unten», gab Sue kleinlaut zu. Ted machte eine Pause, dann fragte er: «Hast du einen Vibrator?» Sue verneinte. «Oder eine elektrische Zahnbürste?» Die hatte sie. «Okay, hol sie.» «Wieso?» «Hol sie!», befahl er und Sue gehorchte.

«Lass mich hören, ob sie an ist.» Sue hielt das brummende Gerät ans Telefon. «Okay», sagte Ted, «jetzt lass die Zahnbürste die Arbeit machen. Nimm die Rückseite des Bürstenkopfes.» Sue spreizte die Beine und drückte den Bürstenkopf an ihren Kitzler. «Nun, wie fühlt sich das an?»«Es ist doller als ein Vibrator, uuh!», stöhnte Sue begeistert.

«Dann versohle ich dir jetzt den Hintern, dass es Striemen gibt.» Sue stöhnte.

«Du hast noch nicht genug!» Sue hatte einen Orgasmus. Ihr fiel das Handy aus der Hand und sie schaffte es erst nach mehreren Sekunden, nach dem Handy zu greifen und sich zu melden. «Ted?» Er hatte aufgelegt. Sie rief zurück. Er hatte abgeschaltet. «Dieser verdammte Mistkerl», fluchte sie, «er lässt mir keine Ruhe. Er will, dass ich mich nach ihm verzehre, und schafft das sogar. Nein, nein, nein, ich will mich nicht verlieben. Ich genieße meine Freiheit, gerade jetzt.»

Sue dachte an Alex' Worte. Voller Sehnsucht nahm sie noch einmal die Bilder und sah sie an.

In dieser Woche war Sue öfter knapp davor, Ted anzurufen. Stattdessen stürzte sie sich mit ihren Freunden ins Nachtleben und flirtete mit allem, was männlich war.

Einmal, als sie ein sexy schwarzes Outfit trug, wurde sie mit einem eigenartigen Anmachspruch konfrontiert. «Hallo, ich beobachte dich schon eine ganze Weile, aber ich habe mich nicht getraut, dich anzusprechen. Denn irgendwie habe ich Angst vor dir. Kannst du mir das erklären?» Sue drehte sich zu ihm um. Ein junger Kerl sah sie mit Hundeaugen und erwartungsvollem Lächeln an. Ihr war nicht klar, was der Typ wollte, antwortete ihm aber spontan: «Das ist irgendwie falsch. Wenn du mir gefallen willst, musst du *mir* Angst machen.»

Der Mann schaute sie verständnislos an. Sie ließ ihn stehen. Die Anmache mancher Männer wurde auch immer bekloppter.

Zwei Tage später rief Ted endlich an. Sie war gerade mit Kunden in ihrem Laden, was sie daran hinderte, einen Freudentanz aufzuführen. Also meldete sie sich gefasst.

«Na schöne Elfe, bei der Arbeit? Hast du an diesem Wochenende Zeit? Wie wäre es dann mit einem Wellness- und Abenteuerwochenende hier bei mir?» Sue war begeistert. «Das hört sich toll an. Ich glaube, das lässt sich einrichten.»

«Dann bis Freitagabend. Ach und noch was: Bitte nicht mehr rasieren.»

Sue wollte nachfragen, was er genau meinte, aber er hatte schon aufgelegt.

Tiefenreinigung

Der kleine, aber feine Spa-Bereich befand sich im Souterrain des Hauses. Er bestand aus verschiedenen Räumen, dessen Zentrum wie ein Hamam gestaltet war, inklusive eines großen Marmorsockels für Massagen.

Nach einem harmonischen Samstagvormittag und einem Lunch auf Teds windgeschützter Terrasse hatten sie sich ins Auto gesetzt und waren hierher in diese hübsche kleine Ortschaft gefahren. Ganz versteckt, am Ende einer ruhigen Straße stand das Haus inmitten eines parkähnlichen Areals. Hätte Sue es alleine finden müssen, wäre ihr das schwergefallen, zumal es von außen eher wie eines jener Wohnhäuser wirkte, die in ihrer Stadt im Nobelviertel standen.

Sie wurden von zwei Mädchen in sparsamer, orientalisch anmutender Kleidung begrüßt. Das fand Sue sehr stilvoll, zumal die beiden gut ins Ambiente passten.

Am anderen Ende des Raumes flog die Tür auf und eine Frau Mitte vierzig schwebte herein.

«Da seid ihr ja, das ist wunderbar. Hallo Sue, ich bin Madame Chevalier, die Leiterin dieses kleinen Wellnesszentrums, und ich werde mich gleich um dich kümmern.»

Nachdem sie Ted begrüßt hatte, bat sie Sue, sich auszuziehen und auf den Marmorsockel zu legen. Dann lief sie den Mädchen hinterher in einen Nebenraum.

Sue war leicht irritiert. Sie war gerade erst angekommen, hatte sich weder umgeschaut, noch Fragen stellen können, und etwas zu trinken hatte man ihr auch noch nicht angeboten.

«Sind wir hier auf der Flucht?», fragte sie leise, damit nur Ted sie hören konnte.

«Tu, was sie sagt», bat Ted sie freundlich, aber mit Nachdruck. Sue versteinerte. Ihr wurde klar, dass es naiv von ihr gewesen war, an einen entspannten Wellnessabend zu glauben. Wie konnte sie so blöd sein? Irgendwas lief hier ab, wovon sie nicht wusste, wie es ausgehen würde.

Ted trat nah an sie heran, nahm ihr Gesicht in seine Hände und wiederholte noch einmal in klarem Befehlston: «Tu, was sie sagt.»

Mit gemischten Gefühlen entkleidete sie sich und kletterte auf den Marmorsockel.

Die Mädchen kamen mit einem Rollwagen herein, auf dem ein Stövchen mit Heißwachs und andere Utensilien standen. Madame Chevalier schickte die zwei weg, baute sich vor Sue auf und zog ihre Beine auseinander. Dann verteilte sie das Wachs partiell auf Sues

Schamhaar. Sue bekam Herzklopfen bei dem Anblick. «Sie wollen doch nicht ...», hob sie an, wurde aber gleich unterbrochen. «Doch, ich will. Schön liegen bleiben. Es geht schneller, als Sie glauben.» Madame drückte das Cellophan an und Ted hielt Sue fest. Dann riss sie mit einem «Hepp» das Ganze ab. Sue stieß einen gequetschten Laut zwischen den Zähnen hervor, denn es tat höllisch weh, trotz des Eisbeutels, den Madame auf ihre Vulva presste. Dann ging die Prozedur weiter, bis kein einziges Haar mehr stand. «Voilà», meinte Madame Chevalier schließlich. Sue stützte sich schwerfällig auf die Ellbogen und blickte auf ihr brennendes Geschlecht. Es war übersät mit roten Punkten. Madame reichte Ted eine Tube, nahm Sues Kleider, und während sie den Raum verließ, verteilte er die Creme auf Sues gemarterter Haut.

«So, in einer halben Stunde ist alles wieder heil. Wenn du das öfter machst, wird es immer weniger wehtun.» «Das tut auch dann noch zu sehr weh, wenn es weniger wehtut», konterte sie mit dem Hintergedanken, dass er das Eincremen etwas länger zelebrieren möge. Ted streichelte ihr über den Bauch, wanderte mit seinen Händen zu ihrer Brust und strich ihr kreisend mit zarten Fingern über ihre Nippel. Er kam näher an Sue heran, küsste sie und bat sie mit rauchiger Stimme: «Klettere doch mal von dem Sockel und streck mir deinen süßen Knackarsch her.» Sue war nicht abgeneigt und tat, wie ihr geheißen. Er rückte ihren Hintern in Position und drückte seinen Finger in ihre Möse, woraufhin sie die Beine spreizte, damit er besser an ihr Lustzentrum käme.

Er nahm die Hand weg und klapperte mit den Dingen auf dem Rollwagen herum. Als Sue schauen wollte, wurde Ted ungemütlich. «Schau nach vorne!», herrschte er sie an. Dann fühlte sie, wie er über ihren Po strich und mit den Fingern vorsichtig ihre Rosette auseinanderzog. Ein dünner Gegenstand fädelte sich in ihren Anus und verschwand immer tiefer darin. Irgendwas spürte Sue in sich hineinlaufen. Ted machte ihr einen Einlauf!

«He, was soll das?», protestierte sie und wollte dagegen angehen. Aber er stemmte sich gegen sie und hielt sie fest, bis er fertig war.

«So, du hast jetzt eine halbe Stunde Zeit, um das Zeug wieder herauszuschaffen. Dabei kann sich auch deine Haut erholen. Was danach kommt, wirst du ohne mich durchstehen müssen, denn ich fahre jetzt. Du hast hier den ganzen Bereich für dich und kannst ihn nutzen, wie du möchtest. Getränke und Knabbereien befinden sich im Nebenraum. Bis später.»

Nachdem er die Tür hinter sich geschlossen hatte, hörte sie, wie sich von außen der Schlüssel im Schloss drehte. Sue ging zur Tür und drückte die Klinke nieder. Er hatte sie tatsächlich eingeschlossen.

Sie ging zur hinteren Tür. Die war auch zu! Sue war sauer. Sie hatte sich das ganz anders vorgestellt. Jetzt stand sie da, völlig nackt, war allein und der Einlauf rumorte in ihrem Bauch. Und was meinte Ted mit, «das musst du alleine durchstehen»?

Nach einer halben Stunde ging die hintere Tür auf und Madame Chevalier ließ die zwei Mädchen herein. «Na Sue, alles sauber? Hier sind deine Zofen. Lass dich von ihnen verwöhnen.» Sie schloss die Tür von außen.

Während eine der beiden ein Bad einlaufen ließ, sagte die andere: «Lass mich sehen, ob es deiner Haut wieder besser geht.» Sie kniete sich vor Sue hin und strich über ihren nackten Hügel, von dem die roten Punkte verschwunden waren. Ohne es zu wollen, reagierte Sue mit Erregung. Die Zofe stand auf, nahm lächelnd Sues Hand und führte sie zum Bad, das mit duftenden Essenzen versetzt war. «Du darfst dich jetzt wie eine Königin fühlen. Lass dich von uns streicheln und waschen, wie du es dir schon immer gewünscht hast.» Sue stieg in den duftenden Schaum, und die junge Frau fing an, sie mit einem dicken Naturschwamm zu reinigen, während die andere ihr die Haare wusch. Die Zofen taten ihre Arbeit mit viel Ruhe und Sanftmut. Keine Körperregion wurde vergessen, die geschickten Finger der Mädchen berührten sie routiniert und ohne jede Scham, von den Ohren bis zu den Zehen.

Die meiste Zeit hatte Sue die Augen geschlossen, denn die Berührungen, mal leicht, mal massierend entführten sie in einen meditativen Zustand. Nach dem Bad wurde sie abgetrocknet, ihre Haare wurden gekämmt und hochgesteckt. Die Zofen verteilten duftendes und sehr belebendes Öl auf ihren Händen und rieben damit Sues Körper ein. Die jungen Frauen berührten sie ausgiebig und sahen sie dabei an, wie es Geliebte tun. Das irritierte Sue sehr. Immer intimer wurde das Massieren, immer intensiver kümmerten sich die beiden um Sues erogenen Zonen. Während die erste intensiv und ausgiebig Sues Brüste knetete und die Nippel in ihren Fingern drehte, fuhr ihr die zweite mit der rechten Hand in die Pospalte und mit der linken verteilte sie reibend das Öl zwischen ihren Schamlippen, wo es mehr und mehr zu prickeln begann.

Sue wollte ihre Erregung nicht zeigen, was ihr kaum gelang, und sie hatte den Impuls, zu fliehen oder die Mädchen von ihrem Körper abzuhalten. Doch die beiden ließen sich nicht beirren, hielten engen Körperkontakt und machten weiter.

Zitternd und mit schmelzender Beherrschung ließ sie sich weiter massieren, bis ihr die Erregung das Hirn vernebelte.

Das Ritual

Als die Zofen fertig waren, musste Sue in ein weißes, sehr feines Kleid schlüpfen, das leicht auf ihren Schultern lag und ihr bis zur Mitte der Oberschenkel reichte. Es war nicht figurbetont, aber sehr durchsichtig. Sie öffneten ihr das Haar und ließen es voluminös um ihr Gesicht fließen, bevor sie mit ihr vor einen großen Spiegel traten.

Das weiße Kleid und ihr Bewusstsein um die Ungewissheit der Situation ließen Sue unschuldig wirken, aber zugleich konnte man erkennen, dass sie heiß wie eine Herdplatte war.

Lange konnte Sue sich jedoch nicht betrachten, denn die Frauen legten ihr eine weiße Augenbinde um. Nachdem die Zofen sehr genau die Binde auf Sitz und Zuverlässigkeit geprüft hatten, führten sie Sue aus dem Raum.

Die Luft im Freien tat gut, und Sue atmete tief durch. Nach ein paar Schritten hörte sie, wie die Stimmen mehrerer Leute immer näher kamen. In die Stimmen mischten sich die Geräusche von leise gespielten Bongos oder ähnlichen Trommeln, es drangen helle Töne von Windspielen an ihr Ohr und das Knacken und Prasseln eines Feuers. War das eine Feier? Oder nur eine Lagerfeuerclique, die sich mit ihr einen Scherz erlaubte? Nein, das wohl nicht, dazu war alles zu feierlich aufgezogen.

Die Mädchen nahmen Sues Hände, sodass sie nach vorne ausgestreckt waren, und Sue spürte, dass andere Hände sie erfassten. «Danke, ihr könnt gehen», sagte eine männliche Stimme. Sue fiel es schwer, die Situation als real einzustufen. Das hatte schon mit den Umständen angefangen, unter denen sie hierhergekommen war. Ted hatte ihr nichts erklärt und war ihren Fragen geschickt ausgewichen. Und die Erlebnisse von Hart bis Zart eben im Hamam hatten nicht dazu beigetragen, ihre Empfindungen in eine bekannte und vertraute Welt zu stellen. Sie kam sich vor wie in einem surrealen Film, und sie verstand die Rolle nicht, die sie in diesem Film spielte. Das verunsicherte sie zutiefst. Wenn sie wenigstens eine bekannte Stimme gehört hätte oder sich sicher wäre, hier jemanden zu kennen ...

Außerdem spürte sie ihren Körper mehr als sonst. Die außergewöhnliche Körperreinigung, die massierenden und erregenden Hände der Mädchen, die ätherischen Öle, die ihre Wirkung immer mehr entfalteten, und nicht zuletzt ihre Geilheit machten ihre Haut empfänglich für die kleinsten Reize. Sie spürte das Kleidchen deutlich, das hauchzart ihren Körper umspielte, und sie war sich bewusst, dass es sehr durchsichtig war. Kam sie als Einzige so «nackt» hier zu diesen fremden Menschen? Sahen jetzt alle zu ihr? Was hatten sie vor?

Sue fühlte sich sehr verletzlich.

Ihre Begleiter führten sie mit kleinen Schritten weiter. Nur ganz langsam kamen sie vorwärts, und das verhaltene Gemurmel der Leute war allgegenwärtig. Bereits dieser Gang schien zu einer Art Zeremonie zu gehören und trotz ihrer Angst war Sue neugierig. Gerne hätte sie gesehen, was da passierte.

Es wurde wärmer und das Feuer prasselte lauter. An einer Stelle, wo das Feuer heiße Wellen zu ihr herüberschickte, blieben sie stehen.

Stricke wurden Sue um die Handgelenke gebunden, ihre Arme hochgehoben und weit voneinander an etwas gefesselt. So hing sie da, wie die weiße Frau in King Kong, und sie hoffte nur, dass kein böses Monster kam, um sie zu entführen. Eine Hand griff nach ihrem Oberschenkel und dann spürte sie etwas metallisch Kühles. Sue schrak zurück. «Wenn du nicht stillhältst, kann ich dir wehtun», sagte eine weibliche Stimme, die sanft, aber gefährlich klang. «Also, schön artig sein.»

Sie hörte das Kauen einer Schere auf widerstandslosem Stoff und spürte gleichzeitig, dass unten etwas an ihrem Kleid zupfte. Die Person mit der Schere schnitt ihr Kleid von unten nach oben auf. Als sie fertig war, strich sie mit der Schere den zarten Stoff von Sues Brüsten und legte Sues Körper frei. Sie schnitt noch die Träger durch und entfernte den Stoff, bevor sie die Schere weglegte. Sue spürte, wie die Hände der Frau zurückkehrten und mit ihren Brüsten spielten. Ihre Stimme sagte laut: «Sie ist bereit für das Zeichen.» Sue erschrak. Wieder wurde ihr bewusst, wie verletzlich sie war und wie sensibel ihre Haut sich anfühlte. Die Nähe und Hitze des Feuers machten ihr Angst. Diese Leute hier wollten doch hoffentlich nicht ...

Die Trommeln wurden lauter und brachen dann abrupt ab. Wieder sprach die Frau laut und feierlich: «Sue, wir heißen dich willkommen. Du wirst von uns heute das Zeichen unserer Zustimmung erhalten, das nötig ist für deine Aufnahme zu einem späteren Zeitpunkt.»

Im nächsten Moment spürte sie eine Hand im Nacken, dann wurde ihr der Mund geöffnet und ein Stoffknebel hineingedrückt. An seinem Geruch erkannte Sue, dass es sich um einen Teil ihres Kleides handeln musste. Mehrere Hände hielten sie fest und zogen ihr die Beine leicht auseinander, bevor ein Summen erklang, das Sue schon einmal gehört hatte, als ihr Exmann sich vor Jahren ein Tattoo hatte stechen lassen. Aufgeschreckt wollte sie die Hände von ihren Beinen abschütteln und sich aus der Fesselung winden, was zur Folge hatte, dass noch mehr Hände sie festhielten. Sie schrie und wand sich, wo sie es noch konnte, aber die Stelle, an der sie jetzt einen Schmerz spürte, als sei sie in eine Nähmaschine geraten, war gänzlich fixiert: Es war wenige Zentimeter oberhalb ihrer Klitoris, am Ansatz ihrer Schamlippen.

Die feine Vibration schickte Ausläufer über ihre gesamte Scheide, wodurch Sue gegen ihren Willen mit Erregung reagierte. Bereits nach dreißig Sekunden stellte die Nadel ihre Tätigkeit ein und der Knebel wurde entfernt. Eigentlich wollte Sue lautstark schreien, dass alle hier Anwesenden Schweine seien, aber stattdessen verweilte ihre Aufmerksamkeit bei den Händen an ihrem Körper.

Stimmen kamen wie das Summen von Bienen näher und noch mehr Hände berührten sie überall. An ihren Beinen, dem Rücken, der Brust und an ihrem Po. Jemand öffnete ihren Mund und schob seinen Finger hinein. Sues Haut wurde gestreichelt und geknetet, ja sogar abgeleckt; an ihren Brüsten waren ständig Hände und Münder und ihre Beine wurden erneut gespreizt. Finger wanderten auf ihre Klitoris und rieben sie sanft, andere Finger verschwanden in ihrer schon tropfnassen Möse.

Sie hatte das Gefühl, als wären in ihrer Haut Milliarden von Nervenenden erwacht. Jede feine oder grobe Berührung wurde von ihnen mit einem Signalgewitter ins Innere ihres Körpers geleitet, wo diese Reize einen Aufruhr verursachten und sich den Weg in ihr Gehirn und in ihre Geschlechtsorgane bahnten. Dort verbreiteten sie eine heiße, vibrierende Erregung, die Sue die Knie immer weicher werden ließ.

Die Trommeln wurden lauter. Nun bohrten sich auch Finger in ihren Anus und eine Zunge suchte den Weg in ihr Ohr. Sue fing laut an zu stöhnen, sie wand sich in ihren Fesseln und in tausend Berührungen. Kurz bevor die Lust sie zu verschlingen drohte, brachen die Trommeln ab und alle Hände ließen sie los. Zitternd blieb sie zurück und versuchte eine gefasste Haltung einzunehmen, was ihr nicht gelang. Ihr Körper wollte die Hände wiederhaben, unbedingt. Wie ein Schmerz fühlte sich die Leere auf ihrer Haut an, unter dem sie sich wand und wimmerte. Aber keine Hand kam zurück.

Nur ganz langsam konnte Sue sich in die Tatsache fügen, dass das Ritual für sie zu Ende war.

Die Frauenstimme sagte: «Unwissend bist du gekommen, unwissend wirst du uns wieder verlassen. Das war der erste Einlass in unseren Kreis.»

Ihre Handgelenke wurden von den Fesseln befreit und man führte sie vom Feuer weg. Als die Stimmen hinter ihr lagen, wurde sie wieder von den Zofen in Empfang genommen und zurück ins Haus geführt. Anstatt ihr die Augenbinde abzunehmen, übergaben die Mädchen Sue zum zweiten Mal einem anderen. Dieser drehte ihr die Hände auf den Rücken, drückte sie an sich und küsste sie. Sue erkannte Ted sofort und erwiderte stürmisch seinen Kuss und wollte schon ein Bein um ihn schlingen.

«Langsam, langsam», flüsterte er. «Jetzt wollen wir erst mal die Binde abnehmen ... So ist es gut. Nicht so stürmisch. Du hilfst mir jetzt beim Auskleiden.» Mit fahrigen Fingern begann Sue, Teds Hemd aufzuknöpfen. Er hielt ihre Hände fest und sah sie an. «Je hektischer du wirst, desto langsamer lasse ich dich das alles machen. Wenn du dich nicht zu beherrschen weißt, ziehe ich mir das Hemd dreimal wieder an.» In Zeitlupe ließ er ihre Hände wieder los. Sue holte tief Luft und machte zitternd weiter. Sie wusste nicht, wann sie je zuvor so vor Geilheit gebrannt hatte, und Ted machte wieder einmal ein Spiel daraus. Immer wieder bremste er sie aus, zwang sie zu unerträglicher Langsamkeit. Als er endlich entkleidet war und Sue schon seinen ganzen Körper mit Küssen bedeckt hatte, dirigierte er sie zum Marmorsockel, drückte sie dagegen und drehte ihr wieder die Arme auf den Rücken. «Jetzt bekommst du deinen zweiten Einlauf.» Er schob ihre Pobacken auseinander und presste seinen Schwanz langsam, aber unaufhaltsam in ihren Anus. Sie stöhnte vor Lust und drückte sich gegen Ted, um seinen erigierten Schaft noch tiefer in sich hineinzustoßen. Endlich wusste sie, wie sehr eine Frau Analsex genießen konnte. Als sie ihr Bein anwinkelte, um Teds Schwanz noch intensiver zu spüren, legte er seinen Finger auf ihren Kitzler und penetrierte sie weiter mit schnellen Stößen. Sue war sich sicher, dass es das geilste Gefühl ihres Lebens war, und es bescherte ihr einen Orgasmus von beinahe schmerzhafter Intensität.

Erst am Sonntagmorgen erinnerte sie sich an das Tattoo, das man ihr offensichtlich gestochen hatte, und untersuchte ihre Muschi. Da prangte ein kleines Dreieck, das direkt auf ihre Spalte deutete. Ted, der sie dabei beobachtet hatte, wollte sie beruhigen: «Das ist kein haltbares Tattoo, sondern so etwas wie Permanent-Make-up. Das verschwindet mit der Zeit.» «Schade», meinte Sue, «ich finde es eigentlich ganz süß.»

Nachdem sie am Sonntagnachmittag ihre Reisetasche in den Kofferraum gepackt hatte, drehte sie sich zu Ted und legte ihre Arme um seinen Hals. Er drückte sie an sich und küsste sie.

«In wenigen Wochen ist Pfingsten, dazu würde ich dich gerne einladen. Einer der Programmpunke wäre ein Ausflug auf eine Burg mit mittelalterlichem Treiben in stilechter Gewandung. Ich hoffe, du hast noch nichts vor», schlug er vor. «Ich habe schon etwas vor, aber das kann ich noch absagen.» «Würdest du das für mich tun?», fragte er mit einer Stimme, die Sue dahinschmelzen ließ. Sie erwiderte lächelnd und sanft: «Stets zu Diensten, Sir.»

Pfingsten

Ausflug ins Mittelalter

Beinahe wäre die Reise für Sue ins Wasser gefallen, denn Tina, die einzige zuverlässige Vertretung für den Laden, wurde in der Woche vor Pfingsten krank.

«Bärbel, kannst du den Samstag übernehmen? Es wäre mir so wichtig», bettelte Sue ihre Geschäftspartnerin an.

«Du weißt, dass ich seit zehn Jahren in dieses Camp fahre, schon Leonie zuliebe.»

«Aber deine Tochter ist nicht alleine dort. Außerdem ist sie mit dreizehn kein kleines Kind mehr. Du hast mir selbst gesagt, du würdest dieses Jahr am liebsten zu Hause bleiben.»

«Mensch Sue, warum ist dir dieser Typ in der Rhön denn so wichtig? Du hast sogar die Fahrt zu deiner besten Freundin abgesagt. Der sagt hopp, und du springst. Das sollte man nicht tun für die Männer, vor allem nicht, wenn man sie gerade mal zwei Monate kennt.»

«Das verstehst du nicht, Bärbel. Ich *will* da hin. Ich tue es nicht für ihn, sondern für mich. Bitte überleg es dir!»

Zwei Tage später gab Bärbel nach, und Sue brachte ihr als Dankeschön einen frischen Erdbeerkuchen.

Als Sue am Freitag vor Pfingsten in die Hofeinfahrt von Haus Morley bog, war die Dämmerung bereits hereingebrochen und es pfiff ein ungemütlicher Wind. Passend zu der Stimmung hier mitten im Wald beschlich sie das Gefühl, es würde etwas Unvorhergesehenes passieren; etwas, was ihre Welt ins Wanken bringen könnte. In Filmen setzte genau jetzt immer Unheil verkündende Musik ein.

Andererseits hatte sie dieses Gefühl hier jedes Mal. Nein, sie wollte sich keine Sorgen machen, denn sie freute sich auf den angekündigten Ausflug.

Am Samstag machten sie sich für das Mittelalterfest auf der Burg zurecht, und das Ergebnis konnte sich sehen lassen: Ted trug eine naturbelassene Lederhose, die an den Seiten mit Lederbändern geschnürt war, dazu passende Stiefel und ein weißes, vorne ebenfalls geschnürtes Hemd aus grober Baumwolle. Sue trug ein langes, taubenblaues Kleid und darüber ein dunkelbraunes, hinten und vorne geschnürtes Ledermieder, wodurch die Brüste wie reife Früchte aus dem Kleid hervorquollen. Eigentlich war alles zu perfekt und schön, um wirklich mittelalterlich auszusehen. Am Vortag hatte sie ihre Haare zu kleinen Zöpfen gedreht und diese nun geöffnet. Eine goldene Lockenflut ergoss sich über ihren Rücken.

Schon an der Kasse zogen die beiden bewundernde Blicke auf sich. Ted schien auch hier die Leute zu kennen. Sie gingen zu einem Stand mit Seilen, Hängematten, Springseilen und vielem mehr, dessen Inhaber ein kräftig gebauter, nett wirkender Mann war. Ted gab ihm freundschaftlich die Hand. «Seiler, wie geht's?» «Habe die Ehre, Sir Morley.» «Bei ihm kaufe ich meine Seile. Du konntest dich schon von ihrer Qualität überzeugen», erklärte er Sue.

«Ist die holde Magd an eurer Seite jene liebliche Elfe, die Ihr gefangen hieltet auf eurer Burg?» «Ja, das ist sie.» «Hütet euch vor seinen dunklen Zauberkünsten, sonst fürchte ich um den liebreizenden stolzen Zug in eurem Antlitz», meinte der Seiler an Sue gewandt. «Freiheit und Stolz ist jeder Elfe angeboren. Ebenso wie eine unglaubliche Zähigkeit, jenen dunklen Zauberkünsten standzuhalten.» «Also eine echte Herausforderung für euch, Sir», erwiderte der Händler lächelnd. Ted antwortete nicht, sondern sah Sue nur mit einem Blick an, den sie so noch nicht an ihm gesehen hatte und den sie auch nicht beschreiben oder deuten konnte, der ihr Herz aber für diesen einen Moment zum Schmelzen brachte. Dann zog sie aber wieder einen Schutzwall um ihr Herz, denn sie hatte wirklich Angst, ihm völlig zu verfallen, und das wollte sie nicht. Sie war alt genug, um zu kapieren, dass die Anziehungskraft und natürlich auch der Lustgewinn für sie und wahrscheinlich auch für Ted darin bestand, dass sie freie und ungebundene Menschen waren. Trotzdem strahlte sie jetzt übers ganze Gesicht und dankte es Ted mit einem bezaubernden Lächeln.

Die Burg war groß und gut erhalten. Ein großer Teil der Räume war frei zugänglich und es gab sogar ein Café. In den Innenhöfen, auf den Verbindungswegen und auf den Vorplätzen waren Stände und Aktionen. Es gab die verschiedensten Handwerker und Händler, es gab Gaukler, Bettler, Ritter und Musiker. Die Mitwirkenden und viele der Gäste waren mittelalterlich gewandet, aber es gab auch sehr viele normal gekleidete Leute, die hauptsächlich aßen, tranken und kauften. Sue übte sich in Bogenschießen und Axtwerfen, sah sich die Gaukler an und lernte Leute kennen. Der Tag verging wie im Flug. Gegen Abend aßen sie noch etwas und wollten dann gehen. Auf dem Weg nach draußen stoppte Ted noch einmal beim Schmied. Er zog eine lange Kette vom Haken: «Diese Stärke fehlt mir noch», und schlang sie zweimal um Sues Taille. Vorne kreuzte er sie, zog das eine Ende hoch und wand es um Sues Hals. Die ersten Leute drehten sich neugierig um. «Welche Untat hat sie sich zuschulden kommen lassen, Sir Morley?», fragte der Schmied laut und publikumswirksam. «Unzucht und Hexerei hat sie begangen, Schmied. Sagt, habt Ihr einen Pranger? So könnt Ihr sicher sein, dass keinem hier ein Leid widerfährt.» Zu Sues Entsetzen hatte er tatsächlich so ein Gerät aus Eisen, das mit einem Loch für den Hals in der Mitte und zwei kleinen für die Handgelenke versehen war und das man aufklappen konnte. Ted nahm ihr die Kette wieder vom Hals und legte ihr stattdessen fachgerecht den Eisenpranger an und verschloss ihn. Eine Traube von Schaulustigen hatte sich versammelt. Sue erkannte in ihren Gesichtern alle möglichen Gefühlsregungen. Keiner wusste, dass sie selbst von dieser Situation überrascht worden war und dass sie sich im ersten Moment fühlte, als hätte Ted ihr vor allen Leuten die Kleider vom Leib gerissen. Mitzuspielen war ihre einzige Chance. Sie streckte sich stolz und blickte in die Runde, als wollte sie sagen: «Ich stehe zu meinen Schandtaten. Ich erdulde die Strafe. Aber kommt mir nicht zu nahe, sonst belege ich euch mit dem bösen Blick.» Ohne es zu wollen, reagierte auch ihr Körper auf diese Situation: Ein Prickeln begann, sich von der Magengrube aus seinen

Weg in ihre Genitalien zu bahnen, und ließ sie kochen. Ted hatte inzwischen seine neuen Spielsachen bezahlt. «Los geht's, die Folter wartet», meinte er und zog sie an der Kette Richtung Ausgang.

Die Züchtigung

Am Auto angekommen löste Ted die Fesseln nicht. Sie musste sich so, wie sie war, auf den Rücksitz setzen. Er kam zu ihr, gab ihr einen Schluck Wasser zu trinken und stopfte ihr dann einen Knebel in den Mund. Sue wusste, dass die Fahrt keine Stunde dauern würde, was ihr unter diesen Bedingungen ganz recht war. Draußen wurde es langsam dunkel. Nach einer halben Stunde Fahrtzeit stoppte Ted plötzlich, kam zu ihr und legte ihr eine Augenbinde an. Es war eine spezielle maskenähnliche Binde, die sich nicht abstreifen ließ. Er sagte nichts. Gar nichts. Sue wurde es mulmig zumute, denn sie spürte instinktiv, dass nun etwas auf sie zukam, was einmal mehr ihre Vorstellungskraft sprengen würde. Er fuhr wortlos weiter. Nach zehn Minuten hielt er an und befahl ihr auszusteigen. Ihr Herz klopfte. Sie spürte Stein- oder Asphaltboden. «Kurt?», hörte sie Ted sagen. «Ich bin da. Mach die Tür auf.» Er hatte in sein Handy gesprochen, dann dirigierte er Sue ein paar Treppenstufen hoch. Sie hörte eine Tür klacken und er schob sie vorwärts. Drinnen roch es nach Zigaretten, der Raum war überheizt und hatte Teppichboden. Die Männer redeten nicht.

«Mein Gott, was passiert hier?» Es war alles so eigenartig, dass Sue Angst bekam. Ihr Herz klopfte bis zum Hals. Da hörte sie Ted sagen: «Ich halte sie fest. Du darfst sie dir auspacken.» Sue protestierte hinter dem Knebel und drehte den Oberkörper heftig in der Hoffnung, einen der beiden mit dem Pranger zu treffen. Aber eine kräftige Hand bremste sie. Sie hörte Teds Stimme nah an ihrem Ohr: «Du bist mir in letzter Zeit zu aufmüpfig geworden. Deshalb übergebe ich deine Züchtigung heute mal an eine andere Person. Vielleicht bringt dir seine Härte endlich mal Manieren bei.» Sue fühlte, wie er sie von hinten an dem Eisenpranger zu sich zog und unerbittlich festhielt, während der zweite Mann ihr die Schnüre des Kleides und Mieders löste. Fremde Hände kneteten ihre Brüste.

Ted drehte sie um und drückte bis auf die Knie und dann noch tiefer. Als Nächstes kniete er sich mit leicht gespreizten Beinen vor sie hin und zog sie am Pranger nach vorne, bis ihr Kopf an ihn stieß. Er drückte Sue immer tiefer, bis ihr Kopf fest zwischen seinen Beinen klemmte. Sues Schädeldecke wurde an seine Männlichkeit gepresst, und sie spürte durch seine Hose, wie hart sein Penis war. Es erregte ihn also, sie wie ein Stück Vieh hier vorzuführen! Der Fremde raffte ihr Kleid bis auf den Rücken hoch und zog ihr den Slip herunter. Dann spürte sie den Schlag einer Peitsche auf ihrem Po. Der Schlag war relativ sanft. Dann noch einen und noch einen. Es war, als müsse sich der Mann erst Mut «anschlagen», denn die Schläge wurden immer kräftiger und härter, bis er mit voller Kraft ohne Pausen auf sie einhieb. Nun fühlte Sue sich wirklich ins Mittelalter versetzt, in dem sie in die Fänge von skrupellosen Schändern geraten war, die ihre Freude daran hatten, Jungfrauen zu foltern.

Niemals zuvor war sie so schlimm gedemütigt und in eine so erniedrigende Zwangslage gebracht worden. Das bewirkte, dass sie die Schläge ziemlich schnell als sehr schmerzhaft empfand. Sie wollte schreien, doch hinter dem Knebel war es nur ein Wimmern. Sie wand sich, aber Morley hielt sie wie in einem Schraubstock fest, und der Fremde schlug schnell und hart auf ihren Arsch und ihre Oberschenkel. Es tat so weh, dass sie sicher war, dass ihr ganzer Hintern zu einem einzigen Bluterguss werden würde. In dem Moment fing sie an, sich so energisch zu wehren, als ginge es um ihr Leben. «Stopp!», rief Ted, und der Mann ließ von ihr ab. Er zog sie wieder an und sagte dann zu Ted: «Ich melde mich am Dienstag.» Ohne weitere Worte lösten die beiden Männer die Session auf.

Und wieder setzte Ted sie so ins Auto, wie sie war. Nur nicht heulen, dachte sie, aber sie war nahe dran. Was hatte Ted beim Fotoshooting gesagt? «Du weißt gar nichts über mich.» Es stimmte. Sie hatte von seinen Abgründen wirklich keine Ahnung! Sie verhielt sich still und schwor sich, dass sie bei der nächsten sich bietenden Gelegenheit zum Gegenschlag ausholen würde.

Eine halbe Stunde später waren sie da. Ted führte sie ins Haus bis zu dem Teppich vor dem Kamin, ließ sie dort stehen und machte erst einmal Feuer. Dann öffnete er den Pranger und nahm ihr den Knebel aus dem Mund. Als sie sich wieder bewegen konnte, riss sie sich die Augenbinde vom Kopf und boxte wie wild auf ihn ein. «Du dreckiger Mistkerl, du elendes Schwein, ich hasse dich! Ich lasse mich nie mehr auf dich ein, du Monster.» Ted packte sie an den Armen. Da fing sie an zu treten und erwischte ihn auch kräftig am Schienbein. Sie war so in Rage, dass Ted leichtes Spiel hatte, sie zu Fall zu bringen. Er legte sich auf sie, fixierte ihre Beine unter sich und presste ihr die Arme auf den Boden. Sie fing an zu beißen, sie bog und wand sich und schimpfte. Dann sah sie seinen Blick. Es schien ihm einen höllischen Spaß zu bereiten. «Kleine Wildkatze», flüsterte er mit einer Erotik in der Stimme, sodass Sues Zorn sich urplötzlich in extreme Geilheit wandelte. Aber zeigen wollte sie das nicht. Sie wollte sich nicht geschlagen geben und versuchte erneut, ihn zu beißen und zu treten, aber er war natürlich weit kräftiger als sie. Er fixierte ihre Arme weiter mit seiner linken Hand und griff ihr mit der rechten unters Kleid. Er schob den Slip zur Seite und führte Zeige- und Mittelfinger zu ihrem Loch. Sue kannte seine Absicht und wehrte sich noch heftiger und schubste gerade dadurch seine Finger so richtig tief in sich hinein.

Sie hielt abrupt inne. Er zog die Finger raus und zeigte sie ihr. Sie glitzerten von oben bis unten von ihrer Nässe. Ted grinste sie so frech an, wie sie es noch nie gesehen hatte. Sie war rasend vor Wut auf ihn, vor Geilheit und vor Zorn über sich selbst. «Mistkerl», schimpfte sie noch einmal, wusste aber spätestens, als er sie küsste, dass sie verloren hatte. Sie war noch nie geiler auf ihn gewesen wie jetzt und zeigte das nun auch. Dann hatten sie noch die halbe Nacht wilden Sex miteinander ...

Freundinnen aus Hannover

Am nächsten Morgen besah sich Sue ihren Po im Badezimmerspiegel. Tatsächlich war da ein Muster zu sehen, das von Zartrosa bis zu einem kräftigen Violett reichte. Sie stürmte ins Schlafzimmer, wo Ted noch im Bett lag, stellte sich vor ihn hin, drehte sich demonstrativ um und zog ihren Slip herunter. «Schau dir das an», klagte sie vorwurfsvoll. Er lächelte. «Schöner Po.» «Ich finde das gar nicht witzig. Bis heute Abend ist wahrscheinlich der halbe Hintern blau. Morgen wollten wir schwimmen gehen, schon vergessen?», gab Sue ärgerlich zurück. «Geh bitte ins Bad und hol aus dem Apothekerschrank die chinesische Salbe.»

Als Sue mit der Tube zurück war, wies Ted sie an, sich bäuchlings auf das Bett zu legen. Er cremte ihr mit sehr viel Fingerspitzengefühl die gemarterten Stellen ein. «Diese Creme verhindert und löst Blutergüsse. Es ist ein echtes Wunderzeug. Du wirst sehen, heute Abend ist alles weg.» Sue antwortete nicht. Sie genoss seine unendlich sanften Hände, die so lieb sein konnten, obwohl es die gleichen Hände waren, die sie schon so hart gezüchtigt hatten.

Das Wetter an diesem Pfingstsonntag war ein Gemisch aus Sonne und Wolken, aber es blieb trocken. Sue und Ted nutzten das, um ins Grüne zu gehen. Sie wanderten durch Feld und Wald, unterhielten sich angeregt, machten Späße und verstanden sich prima. Es war ein richtig leichter Tag. Sie hatten in einer urigen Dorfkneipe gut gegessen und Sue freute sich auf einen schönen Abend, als Teds Handy klingelte. Soweit Sue es mitbekam, waren es zwei Frauen, die Ted von früher kannte und die sich für einen Überraschungsbesuch ankündigten. Sie würden in einer knappen halben Stunde bei ihm sein. Sue sah ihn an. Richtig glücklich schien ihn das nicht zu machen, aber er verlor kein weiteres Wort darüber.

Die beiden Frauen waren offensichtlich reich, aber schrecklich aufgetakelt, und sie musterten Sue argwöhnisch. Man sah ihnen an, dass es ihnen besser gefallen hätte, wenn Ted alleine gewesen wäre. Sie umwarben ihn mit vielen Schmeicheleien und schienen ihm nicht mehr von der Seite weichen zu wollen. Er spielte das Spiel aber sehr gut mit.

Als er kurz mit Sue alleine war, flüsterte er ihr zu: «Egal, was ich mache oder wie ich mich benehme, hab Vertrauen in mich.» Er sah sie dabei beschwörend an.

Die zwei Damen kamen aus Hannover, waren auf dem Weg nach München und wollten bei Ted übernachten. Sue hörte heraus, dass die beiden in den vergangenen Jahren schon öfter auf diese Weise bei Ted «Unterschlupf» gesucht hatten und es dabei offensichtlich nicht nur ums Übernachten ging. Sue bemühte sich, freundlich zu ihnen zu sein, doch sie hatte keine Chance. Die beiden Frauen zogen wirklich alle Register, um sie als Konkurrentin auszuschalten. Sie behandelten Sue wie Luft, schnitten ihr, wo immer es ging, das Wort ab und fingen sogar an, Spitzen gegen sie auszuteilen. Sie monierten ihre Kleidung und Frisur (Sue hatte die immer noch stark welligen Haare in einem lockeren Knoten gebändigt) als fade und formlos, obwohl sie wussten, dass es sich um ein Wanderoutfit handelte, sie erzählten sich Blondinenwitze und malten von ihr das Bild eines naiven Vorstadtmädchens. Ted gab Sue immer wieder mit Blicken zu verstehen, dass sie sich zurückhalten sollte. Er flirtete auffallend mit den beiden, schenkte Champagner aus und rückte näher zu ihnen. Sue fühlte sich wie das fünfte Rad am Wagen. Nach einer Stunde hatte sie die Schnauze voll. «Ich gehe ins Bett.» «Vergiss die Wärmflasche und die Bettsocken nicht», meinte eine der Frauen. Die andere giggelte und sagte: «Und das baumwollene Nachthemdchen.» Sue wollte etwas erwidern, schluckte es aber runter, als ihr Ted mit ernstem Kopfnicken andeutete, dass sie gehen sollte, ohne viel Aufheben zu machen. Sie ging nach oben und warf sich aufs Bett. Sie fühlte sich tief verletzt und ärgerte sich über sich selbst, dass sie nicht allen gesagt hatte, was sie von ihnen hielt. Nur Teds Worte hatten sie zurückgehalten, denn sie wollte ihm wirklich vertrauen können. Aber das wurde gerade mächtig auf die Probe gestellt. Sie schaltete den Fernseher ein, setzte sich auf das Bett und blickte stumpf in die Glotze.

Im Wohnzimmer kam Ted zur Sache: «Meine Damen, ich empfehle euch, genießt den letzten Schluck Champagner, denn gleich wird es ernst.» Die Frauen machten «oh» und «ah» und freuten sich. «Ich bleibe hier sitzen und warte, bis ihr alles ausgezogen habt.» Das ließen sie sich nicht zweimal sagen und standen drei Minuten später nackt vor ihm. Ted lächelte verschlagen. «Ab in die Kammer, mit dem Gesicht zur Wand», befahl er. Die Frauen kicherten aufgeregt und folgten seinem Befehl. «Genau so stehen bleiben. Ich hole jetzt, was ihr braucht.» Er schloss die Tür und ließ sie allein.

Sue wusste nicht, was unten passierte. Sie konnte immer noch keinen klaren Gedanken fassen und starrte geistesabwesend auf den flimmernden Bildschirm.

«Sue?», flüsterte Ted. Sie erschrak. Sie hatte nicht erwartet, ihn nach knapp zehn Minuten hier oben zu sehen. Er schlich zu ihr. «Jetzt kommt dein Part. Mach deine Haare auf und zieh dich komplett aus.» Sue sah ihn an, als hätte er eine Meise. «Mach schnell, sie bekommen es jetzt heimgezahlt. Du musst nichts sagen. Einfach nur mitmachen, schnell!»

Bevor sie nach unten gingen, hielt er sie noch einmal zurück und klemmte ihr das wohlbekannte Silberkettchen an die Brustwarzen. Aber er hängte es nirgendwo ein. So schwang es in einem anmutigen Bogen von einer Brust zur anderen.

Dann nahm Ted sie an der Hand und führte sie hinunter in die Kammer. «Umdrehen!», befahl er den Frauen und machte dann eine wirkungsvolle Pause. «Hier habe ich die ultimative Folter für euch. Schaut euch Sue an, und dann betrachtet euch selbst. Habt ihr wirklich im Ernst geglaubt, dass ich so etwas Schönes wegen euch ins Bett schicke? Was für eine Anmaßung, mir so einen schlechten Geschmack zu unterstellen! Was glaubt ihr, warum sie da ist? Weil ich es wünsche. In diesem Haus geschieht grundsätzlich nur, was ich wünsche. Und ich wünsche, dass ihr augenblicklich eure Klamotten packt und verschwindet!»

Die beiden standen mit hochrotem Kopf da. Eine wollte dazu ansetzen, Ted etwas zu erwidern, aber noch während sie Luft holte, schnitt Ted ihr das Wort ab, indem er sein Handy hochhielt und drohte: «Ich hab die Nummer der Polizei schon eingegeben. Wenn ich auch nur ein Wort von euch höre, hole ich meine Kumpels von der Dienststelle und es wird eine Anzeige geben wegen Hausfriedensbruch. Wenn ihr euch von denen den Hintern versohlen lassen wollt, kann ich sie gerne anrufen.» Die Frauen sagten nichts mehr, packten indigniert ihre Sachen und flohen aus dem Haus.

Ted sah Sue an und lächelte. «Danke Sue, das hast du wirklich gut gemacht. Die haben mich lange genug genervt.» «Wäre es nicht einfacher gewesen, sie gar nicht erst reinzulassen?» «Sicher», meinte Ted, «aber lange nicht so unterhaltsam. Du weißt, ich inszeniere und spiele gern. Mir hat das eben Spaß gemacht. Am besten hat mir gefallen, dass du mir vertraut hast. Komm, wir köpfen noch eine Flasche Champagner und genießen den restlichen Abend. Nur wir beide.»

Zwischenbesuch

Tantra

Auch Pfingsten hatte seine Spuren bei Sue hinterlassen. Oft kam sie mit sehr mittelalterlich anmutenden Klamotten zur Arbeit, oder fing sogar an, so zu sprechen. Bärbel wunderte sich über gar nichts mehr. Sie hoffte nur, dass Sue ihre Gewissenhaftigkeit dem Laden gegenüber beibehielt, denn sie mussten mit großer Konkurrenz kämpfen. Die Frage der Wochenendnutzung des gemeinsamen Autos bereitete Probleme, aber der Umsatz war noch nicht hoch genug für ein zweites. Sue wäre gern an Fronleichnam zu Ted gefahren, aber an diesem Wochenende brauchte Bärbel den Wagen, weil sie zu ihrer Verwandtschaft fahren wollte und Sue aus diesem Grund sowieso arbeiten musste.

Enttäuscht teilte sie Ted die Nachricht mit. Der überlegte nicht lange. «Dann komme ich dich besuchen», schlug er vor. «Aber ich muss am Samstag arbeiten. Nur für Freitag kann ich eine Vertretung bekommen.» «Dann helfe ich dir im Laden.» «Das ist todlangweilig.» «Das werden wir ja sehen.» «Ach ja, fast hätte ich es vergessen. Samstagabend muss ich noch auf eine Veranstaltung. So etwas zwischen Eröffnungsfeier, Hausmesse und Vernissage bei einem unserer Händler. Er deutete an, uns gute Konditionen geben zu können, deshalb kann ich unmöglich absagen.» «Musst du alleine hin?» «Das wäre dem Kerl sicher recht, aber das kann er bei einer solchen Veranstaltung nicht voraussetzen.» «Na, dann hätten wir ja alle Probleme gelöst.»

Ted kam am späten Donnerstagvormittag an. Als Sue ihm die Tür öffnete, hielt er ihr ein Geschenk hin, das an einer Schnur an seinem Finger hing. Obwohl es in kitschig buntes Geschenkpapier gewickelt war, erkannte Sue an der Form, was es war. «Ein Vibrator für mich, das ist aber nett.» Sie hatte nicht bemerkt, dass gerade ihre Nachbarin die Treppe heraufkam und mit großen Augen die Szene verfolgte. «Ups», meinte Sue und zog sich verschämt lächelnd in ihre Wohnung zurück, als sie ihre Nachbarin bemerkt hatte. «Dann probieren wir ihn gleich mal aus!», scherzte Ted und zwinkerte der verdutzten Nachbarin dabei zu und folgte Sue in die Wohnung.

Drinnen wartete ein Brunch auf ihn. «Heute sollst du mal auf meine Art verwöhnt werden», verkündete Sue stolz. «Nichts dagegen», erwiderte er.

Für den Abend hatte Sue sich etwas Besonderes ausgedacht. Sie hatte vor dem großen Fenster in ihrem Wohnzimmer warme Decken ausgelegt und einen luftigen Baldachin aus orangefarbenem Chiffon gestaltet.

«Warte hier auf mich», sagte sie zu Ted und verschwand im Bad.

Überall standen Kerzen, ein Räucherstäbchen erfüllte den Raum mit weichem Sandelholzduft und auf dem Stövchen hatte sie Öl in einem Tiegel erhitzt. Aus der Stereoanlage klang leise Sitarmusik. Ted machte es sich gemütlich. Als Sue zurückkam, hatte sie sich wundervoll geschminkt und ein rotes Bindi auf die Stirn geklebt. Schmuck zierte ihren Kopf, die Ohren, ihren Hals und die Arme. Sie trug einen Sarong aus leichter roter Seide und das dazu passende kurze Top. «Willkommen Sir Morley in meinem Verwöhntempel.» Dabei bot sie ihm als Erstes einen Joint an. Als sie ihn fertig geraucht hatten, fragte Sue: «Sir, darf ich euch beim Auskleiden helfen?» Ted stellte sich mit offenen Armen vor sie hin, und Sue begann mit geschickten Fingern, ihn langsam zu entkleiden. Sie knöpfte sein Hemd auf und streichelte über seine Brust, kam näher und hauchte einen Kuss darauf. Als sie ihm das Hemd von den Schultern streifte, fuhr sie dabei über seinen Hals, über die Mulde an seinem Schlüsselbein und über seine Schultern. Sie ging um ihn herum und streichelte über seinen Rücken, als lerne sie ihn gerade eben erst kennen. Wieder vor ihm, kniete sie sich langsam hin und begann, den Gürtel seiner Hose zu lösen und den Reißverschluss zu öffnen. Als sie die Hose von seinen Hüften zog, kam sie auch hier nah heran und küsste ihn flüchtig auf den dünnen dunklen Haarstreifen, der unterhalb seines Bauchnabels begann. Dann zog sie auch den Slip herunter. Sein Penis war schon erigiert. «Sir Morley, erlaubt mir zu sagen, dass Ihr da ein wahres Prachtstück besitzt.» Dabei stand sie auf und strich wie zufällig über dieses Prachtstück. «Ich lade euch zu einer Ganzkörpermassage mit erlesenen Ölen ein, Sir», fuhr sie fort und wies mit der Hand auf die Decken. Ted legte sich entspannt auf den Bauch und sie massierte sanft und mit viel Zeit seine gesamte Rückenpartie. Natürlich widmete sie bestimmten Stellen besondere Aufmerksamkeit. Dann bat sie ihn, sich umzudrehen. Sie zog ihr Top aus und schob den Sarong auseinander. Darunter war sie nackt. So setzte sie sich auf ihn und fing an, seinen Oberkörper zu massieren. Ab und zu beugte sie sich so tief, dass ihr Busen seine Brust berührte und ihn streichelte. Dann drehte sie sich um, sodass sie ihm den Rücken zukehrte, und machte erst einmal mit seinen Beinen weiter. Den Sarong schlug sie so weit zurück, dass er ihren Hintern sehen konnte. Zum Schluss nahm sie sich seinen Penis vor. Sie massierte ihn genießerisch mit ihren öligen und vom Massieren sehr warmen Händen, sie küsste ihn, leckte ihn und nahm ihn in den Mund. Sie spürte, wie Ted ihre Hüften griff. Sie drehte sich um und sagte mit weicher Stimme: «Nicht so eilig, Sir Morley. Noch bin ich nicht fertig.» Sie nahm den Tiegel mit dem Öl vom Stövchen und prüfte die Temperatur. Dann hielt sie ihn 30 Zentimeter über Teds Oberkörper und goss ihm eine feine Linie des etwa 45 Grad heißen Öls über Brust und Bauch, abwärts bis zu seinem Penis. Er stöhnte wohlig. Sue zog sich den Sarong von der Hüfte und verstrich das Öl auf ihm mit ihrem eigenen Körper. Sie führte seine Hände zu ihrem Busen und schloss die Augen.

Beide ließen sich treiben in ihrer Lust, probierten verschiedene Stellungen und loteten aus, wie hoch sie die sexuelle Spannung steigern konnten. Es war ein schönes, hocherotisches Spiel und dauerte sehr lange.

Als sie am nächsten Morgen zwischen abgebrannten Kerzen erwachten, fragte Ted: «Warst du in deinem früheren Leben eine indische Kurtisane?» Sue lachte. «Wer weiß ...»

Er beugte sich zu ihr und strich mit einem Finger sanft von ihrer Kehle abwärts zwischen ihren Brüsten hindurch, über ihren Bauchnabel bis zu ihrem rasierten Hügel.

«Ich habe heute Nacht geträumt, wir würden zusammen durch einen nächtlichen Wald gehen», begann Ted zu erzählen. «Und, was haben wir da gemacht?» «Nichts. Wir sind einfach nur gegangen. Schön war das. Sommerlich warm und vom Mond beschienen ... Das könnten wir in der Rhön wirklich mal machen.» «Das würde mir gefallen. Träumst du eigentlich manchmal von dem, was du machst? Ich meine, so als Dominus?» Er verneinte. Sie sah hoch zu dem Baldachin, dessen Orange sich weich auf ihr Gesicht zauberte. «Ich hatte mal so einen Traum», fing sie an, «da war ich gerade mal neunzehn. Der Traum hatte eine abgeschlossene Handlung und war so abgefahren, dass ich kurz nach dem Aufwachen dachte, ich müsste das tatsächlich so erlebt haben, so intensiv war er. Ich habe ihn mir gleich aufgeschrieben. ‹Verbotene Gefühle›, so habe ich ihn genannt.»

«Erzähl ihn mir», forderte Ted sie auf. Und Sue begann:

Ein Traum

Wir waren Laienschauspieler und saßen in einem Klassenraum. Jeder hatte ein Drehbuch vor sich liegen und jeder hatte eine Rolle daraus übernommen, die er vorzulesen hatte.

Oder war es ein Buch, das jemand vorlas? Oder war es doch das eigene Erleben ...?

Das ist im Traum immer schwer zu sagen.

Es handelte von einem Mädchen, das ich spielen sollte, das zu einer völlig verarmten Adelsfamilie gehörte. Es lebte in einem Zimmer, das schon fast eher wie ein Stall aussah. Die Wände waren roh, der Boden dreckig, und das einzige Möbelstück war ein altes Bett mit Strohmatte. Nur der bröselnde Stuck an der Decke und die schwere, kunstvoll geschnitzte Holztür erinnerten daran, dass sich dieses Zimmer in einem inzwischen geräumten Flügel des alten Herrenhauses befand. Nicht alle Räume des Hauses sahen so aus. Die meisten anderen Räume (man konnte von einem Raum in den anderen ohne Flur gelangen) waren halb ausgeräumt oder mit den letzten guten Möbeln so eingerichtet, dass sie den Schein des Reichtums wahren konnten. Diese Räume dienten meiner Tante und weiteren vier oder fünf Verwandten als Wohnung.

Die Tante, eine magere Alte von vielleicht 69 Jahren, war die Hausherrin und sie trug den restlichen Familienschmuck, der noch nicht versetzt werden musste. Schließlich sollte niemand merken, dass die Familie vollkommen verarmt war.

Das war auch der Grund, weshalb ich «verkauft» werden sollte. Ein Verwandter aus einer anderen Stadt, den ich nicht kannte, hatte die Obhut über mich übernommen. Er hatte sich an diesem Tag auf dem Landsitz eingefunden, um mich abzuholen.

Ich wurde – von allen Hausbewohnern begleitet – in den hintersten Raum geführt, der ähnlich dunkel und kalt wie meiner war. Dort empfing uns der Verwandte, ein entfernter Cousin oder Onkel von mir. Er hatte kein besonders auffälliges Äußeres, aber schon, nachdem wir die ersten Blicke ausgetauscht hatten, spürte ich eine erotische Spannung zwischen uns, die im Laufe des Geschehens immer stärker wurde. Nach Abwicklung der Formalitäten wandte er sich an meine Tante. «Als ich noch ein Junge war, hat mich dein Bruder so gequält, dass ich fast krepiert wäre. Er hat mich brutal ausgepeitscht. Jetzt werde ich mich an dir rächen, meine Liebe.» Er war voller Rachegefühle der Tante gegenüber, hatte aber während seiner Worte kaum den Blick von mir gelassen. Ich spürte, dass mir der Mann nahestand und dass wir die Augen kaum voneinander lassen konnten. Die Tatsache, dass er seine Rache an einem Familienmitglied nehmen wollte, löste einen prickelnden Cocktail der Gefühle in mir aus.

Mir wurde heiß, denn es drängte sich mir fast sichtbar ein Gedanke auf: Ich hatte bisher ein beschissenes Leben bei dieser Tante gehabt und wollte bloß weg. Wenn er seine Rache an der alten Frau ausüben wollte, käme sie sicher nicht mit dem Leben davon. Aber ich würde ihn verliebt in mich machen und seine Schläge gerne ertragen. Meine Tante würde auch nichts anderes erwarten als mein Angebot, dass ich bereit wäre, alles auf mich zu nehmen ...

In dem Moment, als ich den Satz aussprechen wollte, war es wieder eine Geschichte auf Papier. Ich saß in dem Klassenzimmer, vor mir lag das Drehbuch und auf dem Papier leuchtete mir mein als Nächstes zu sprechender Satz entgegen:

«Ich will die Schuld übernehmen. Er soll Rache an mir nehmen und nicht an dir, Tante.»

Ich saß vor dem Drehbuch, mir war heiß, und ich konnte meine innere Erregung kaum verbergen. Ich musste mich erst einmal beruhigen. Eine ziemlich peinliche Pause entstand und sicher schauten mich alle schon komisch an. Als ich mich endlich wieder gefasst hatte, sagte ich fast überbetont unbeteiligt meinen Part.

Ich wand mich in Selbstanklagen und Gewissensbissen. Wie konnte mich so eine Szene dermaßen aufreiben? Habe ich tastsächlich einen Hang zum Masochismus? Ein wenig bestimmt. Vor mir kann ich es nicht abstreiten.

Aber da gab es noch die Tatsache, dass zwischen mir und meinem Verwandten etwas lief, und das hatte ja keiner außer uns beiden mitgekriegt. Keiner!

Solche Träume sind schon witzig. Da war ich wieder ein Mitglied einer Theatergruppe und dennoch fühlte ich mich noch als Gefangene des Onkels. Mit diesem inneren Zwiespalt wachte ich auf.

«Hast du öfter so interessante Träume?», wollte Ted wissen. Sue lächelte. «Erotische Träume habe ich immer wieder mal. Dann passiert es mir, dass ich zum Orgasmus komme, ohne dass ich mich angefasst hätte.»

In Teds Augen blitzte der Raubvogel auf und er wiederholte: «Ohne Anfassen ...»

Good Vibrations

Den Rest des Tages nutzten sie für einen Stadtbummel und um am Nightlife ihrer Stadt ausgiebig teilzunehmen.

Am Samstag kam Ted tatsächlich zu ihr in den Laden und bezauberte vor allem die weiblichen Kunden.

In einer ruhigen Minute fragte er nach der Vernissage am Abend.

«Also, der Veranstalter ist ein Händler, der ganz nette Sachen hat, aber normalerweise zu teuer für unseren Laden ist. Aber anscheinend mag er mich ganz gerne und er meinte, wenn ich käme, könne man ja mal über die Konditionen reden», erklärte Sue.

«Der will dich anbaggern», meinte Ted lapidar. «Na und, ich muss ja nicht mit ihm in die Kiste hüpfen. Außerdem kommen da sicher auch noch andere wichtige Leute ...»

Ted wechselte das Thema: «Ich habe in der Boutique nebenan das richtige Kleid für dich gesehen. Darf ich es dir kaufen?»

Als Sue sich am Abend im Spiegel betrachtete, fragte sie Ted: «Meinst du nicht, das ist ein bisschen zu sexy?» «Nein das ist ein klassisches Cocktailkleid, und Rot steht dir ausgezeichnet. Es fehlt aber noch etwas ganz Entscheidendes.» Mit diesen Worten trat Ted von hinten an sie heran und schob ihr Kleid immer höher, bis ihr Slip zu sehen war. Er fuhr mit beiden Händen unter den Gummi und zog ihr das Höschen von den Hüften. «Schön so bleiben», flüsterte er über ihre Schulter ihrem Spiegelbild zu und verschwand. So war Ted, dachte Sue, andere Frauen konnten sich in einem solchen Moment auf eine teure Kette freuen und er zog ihr das Höschen runter. Als er wieder hinter sie trat, spürte Sue, dass er versuchte, den Vibrator in sie hineinzuschieben. Sue wollte sich wehren, doch er hielt sie fest und sagte: «Sch, sch, sch, ganz ruhig bleiben. Der wird mitkommen. Du möchtest doch ganz artig sein und mein Geschenk heute Probe tragen. Mit deinem Slip darüber kann er nicht herausfallen. Du wirst es genießen. Das ist nämlich ein besonderer Vibrator, Baby.» Ohne Sue loszulassen, versenkte er das Gerät in ihrer Möse und zog das Höschen darüber. «Lauf doch mal als Test auf und ab.» Sue tat, was er sagte. «Was für ein Gefühl. So kann ich doch nicht auf diese Nobelparty gehen. Das halte ich nicht aus» argumentierte sie. Er lachte. «Das ist noch lange nicht alles. Schau her, dieses kleine Gerät in meiner Hand ist eine Fernbedienung.» Er drückte einen der kleinen Knöpfe, und schon fing das Ding in Sue an zu vibrieren.

«Oh, um Gottes willen, das geht nicht. Ich ...» «Das geht, und du lässt ihn drin!», befahl er und schaltete den Vibrator wieder ab.

Als sie bei der Vernissage angekommen waren, hatte sich Sue halbwegs an ihre Füllung gewöhnt und schaffte es, die Etikette zu wahren. Sie wurde wichtigen Leuten vorgestellt, in Gespräche verwickelt und zu einem Getränk eingeladen. Ted war der perfekte Begleiter: elegant, charmant und selbstsicher. Was ihr mehr Sorgen bereitete, war der Vibrator in ihrer Scheide und die Fernbedienung in Teds Hosentasche. Allein das brachte sie schon um den Verstand, und ihre Geilheit wuchs von Minute zu Minute. Es war wie in den Filmen, in denen Bomben an Menschen angebracht waren und der böse oder verrückte Verbrecher hatte die Macht darüber, sie jederzeit hochgehen zu lassen.

Dann kam Herr Schneider, der Veranstalter, auf sie zu und lud sie ein, mit ihm an die Sektbar zu gehen. Plötzlich zuckte sie zusammen, mit einem leisen Kiekser in der Stimme. Ihre Augen suchten Ted. «Ist alles in Ordnung?», fragte er. «Ja, es geht mir gut», antwortete Sue. Und wieder vibrierte es in ihr. «Oh ... äh, wollten wir nicht ein Glas Sekt trinken?», stieß sie mit seltsam verzerrter Betonung hervor. Sie entdeckte Ted weiter hinten im Raum, mit der linken Hand in der Hosentasche, und mit der rechten prostete er ihr zu. Sein Gesicht hatte diesen frechen Ausdruck, den sie sehr gut kannte. Und wieder sprang der Vibrator an. «Mistkerl», flüsterte sie mit deutlichen Lippenbewegungen in seine Richtung.

Ihr Gastgeber legte seine schweißige Hand auf ihre Schulter und schob sie in Richtung Sektbar. Während er von seiner neuen Kollektion erzählte, hörte das Vibrieren endlich auf. Aus den Augenwinkeln konnte Sue erkennen, dass Ted gerade von zwei attraktiven Damen umgarnt wurde. Sie war selten eifersüchtig, und heute war sie regelrecht froh darüber, bedeutete es doch eine willkommene Auszeit für sie, um beim Smalltalk mit dem Händler höflich und konzentriert bleiben zu können.

Im Verlauf der nächsten Stunde wurden zwei Reden gehalten, es gab eine Performance und Sue konnte in das Gespräch mit Herrn Schneider konstruktiv das Thema Konditionen einflechten, weil Ted sie in dieser Zeit in Ruhe ließ. Trotzdem steckte das Teil in ihr drin, und sie rechnete jede Sekunde damit, dass es wieder losging. Sie konnte sich kaum setzen, und sie war permanent feucht. Das wurde auch nicht besser. Als sie zur Toilette gehen wollte, streckte Ted auffordernd seine Hand aus. «Deine Handtasche», verlangte er. «Keine Frau geht ohne Handtasche zur Toilette», widersprach sie. «Du schon.» Wütend drückte sie ihm ihre Tasche in die Hand und verschwand hinter der Tür mit dem D.

Es hatte keinen Zweck, Teds Spiele zu boykottieren. Sie wollte gar nicht wissen, welche Folgen das gehabt hätte, denn es war so schon bizarr genug.

Als Sue und Ted sich etwas später ein paar Statuen anschauten, stellte ihr Gastgeber ihnen einen Herrn Keller vor, den er seinen neuen künstlerischen Berater nannte. Nach dessen Aussehen zu urteilen wäre er auch als Schlagersänger durchgegangen, aber es erklärte den neuen Trend in Herrn Schneiders Produkten, die Sue sehr kommerziell fand.

«Ich möchte nicht stören. Ich werde mir noch einen Drink holen. Bis später, Sue», verabschiedete sich Ted mit einem Lächeln aus der Runde. Kurze Zeit später brummte der Vibrator in Sue von Neuem. «Ted, du bist ein Schuft», formulierte sie in Gedanken, während ihre Scheidenmuskulatur sich reflexartig um den Fremdkörper spannte, so als wolle ihre Möse mit allen Nervenenden so viel wie möglich von der im Nanosekundentakt schlagenden Bewegung aufnehmen und an ihr ohnehin schon auf Alarmstufe Rot stehendes Hormonzentrum weitergeben. Selbst von ihrer Möse wurde sie verraten, dachte Sue und konnte nur mit Mühe dem Gespräch folgen, in das die beiden Herren sie verwickelten. Gerade schmückte Herr Schneider aus, wie fantastisch die neuen Porzellanpüppchen in Sues hübschen Geschenkeladen passen würden, als Ted dazu übergegangen war, den Vibrator ständig an- und auszuschalten. Jedes Ausschalten hinterließ ein Gefühlsvakuum, das durch das Anschalten mit einer kleinen Explosion wieder gefüllt wurde.

«... was meinen Sie dazu, könnten Sie sich das nicht auch wunderbar vorstellen?», fragte Herr Schneider und kam Sue dabei immer näher. «Sicher, ja, ich ... ich kann mir das vorstellen ...», stammelte Sue. «Ach

Frau Thorau, machen Sie sich doch locker. Wir sind hier nicht bei einem Staatsempfang. Sie wirken so angespannt. Setzen Sie sich doch, hier ist noch ein Hocker frei ...» «NEIN, nein, nicht setzen, ich stehe lieber.» Sue war völlig durcheinander. Das An- und Ausschalten erfolgte jetzt ganz unregelmäßig, was für sie noch schwerer zu ertragen war, denn jetzt spielte ihre Möse durch die Erwartungshaltung völlig verrückt. Ihr Gastgeber nutzte ihre offensichtliche Zerstreutheit, um sie auf die etwas weniger frequentierte Terrasse zu lotsen. «Frische Luft wird Ihnen guttun», kommentierte er. Kaum draußen angekommen brummte der Vibrator in ihr plötzlich so kräftig, dass sie mit einem «Ah» in die Knie ging. «Oh, meine Liebe, was ist passiert?», reagierte er besorgt. «Nichts, ich bin bloß gestolpert», wehrte sie seine Fürsorge ab, aber sie ging erneut in die Knie, was ihn dazu veranlasste, sie in den Arm zu nehmen. Sue lachte verlegen. «Hab mir den Knöchel verdreht», meinte sie und stemmte sich gegen seine Umarmung. Aber er war hartnäckig, behielt seinen Arm um Sue und zog sie mit sich. Sie überlegte fieberhaft, wie sie sich elegant aus der Situation winden könnte, als Ted auf der Terrasse erschien. Sie warf ihm bitterböse Blicke zu.

«Hier bist du also, ich habe dich gesucht», log er. «Herr Schneider, entschuldigen Sie, dass ich Ihre Unterredung störe, aber ich müsste allein mit Frau Thorau sprechen.» Das passte diesem überhaupt nicht, aber er hatte keine Wahl. Sichtlich genervt verließ er die Terrasse.

Ted zwinkerte ihr zu. «Nichts sagen, nur mitkommen.» Er nahm ihre Hand und entführte sie um das Haus herum. «Wo möchtest du es haben?», fragte er und deutete auf eine dunkle Ecke. «Hier oder hier?»

«Lass uns noch um die nächste Ecke schauen, vielleicht da.»

Doch da standen Gäste. «Zurück», flüsterte Ted und rannte Sue fast um. Lachend wie Kinder, die einen Streich aushecken, liefen sie zu einer Nische, die einigermaßen vor Blicken geschützt war, und fingen sofort an, sich gegenseitig auszuziehen. Gierig fielen sie übereinander her und küssten sich wild. Ted raffte Sue das Kleid hoch, streifte den Slip herunter und zog den Vibrator aus ihrer nassen Möse. Sie öffnete seine Hose und holte seinen erigierten Schwanz heraus. Er nahm ihr

Bein hoch, stieß in sie hinein und penetrierte sie heftig. Sie machte auch ihre Brüste frei, damit er auch hier guten Zugriff hatte. Zunächst versuchten sie noch, keinen Krach zu machen, was aber immer schwerer gelang, je mehr sie in Fahrt kamen. Sie fickten in allen Stellungen, die an diesem Platz möglich waren, und dachten bald nicht mehr daran, leise zu sein.

Als sie sich endlich genug ausgetobt hatten und völlig zerzaust aufblickten, stand vor ihnen in zwei Meter Entfernung Herr Schneider.

«Ich glaube, es ist Zeit für Sie beide, diese Veranstaltung zu verlassen», brachte er mit bebender Stimme hervor. Ted grinste ihn an und zog Sue das Kleid über den freiliegenden Po.

Um Fassung ringend wandte ihr Gastgeber den Blick ab und schickte sich an, wieder ins Haus zu gehen. Bevor er sich in Bewegung setzte, sagte er noch: «Frau Thorau, sehen Sie unsere Geschäftsverbindung als gelöst.»

Auf der Heimfahrt sahen sich Sue und Ted immer wieder an und mussten lächeln.

«Jetzt hast du meinetwegen einen Händler verloren.»

«Ich brauche seine Porzellanpüppchen nicht!», gab Sue trotzig, aber bestens gelaunt zurück.

Mit wenigen Mitteln

Der Sonntag machte seinem Namen keine Ehre, denn es fiel beständig leichter Regen. Umso leichter fassten Sue und Ted den Entschluss, den Tag erholsam anzugehen und mit einem ausgedehnten Frühstück zu beginnen.

Ted kam noch einmal auf die Sache mit dem Händler zurück: «Ich habe mir meine Gedanken gemacht, wie du an wirklich außergewöhnliche Ware kommen kannst, die nicht jeder hat und die auch nicht so teuer ist. Ich kenne ja viele Leute, da kann ich mal meine Beziehungen spielen lassen.» «Das würdest du tun? Find ich super. Du konntest dir ja jetzt ein Bild von unserem Laden machen. Du scheinst wirklich viele Leute zu kennen.» Dann fiel ihr noch etwas ein: «Hat übrigens der Dicke schon für das Shooting gezahlt?» «Dein Geld dürfte nächste Woche kommen, dafür habe ich gesorgt.» «Wie viel ist es denn?», wollte Sue wissen. «Lass dich überraschen.» «Und was springt für dich raus?» «Das ist mein Geheimnis», meinte Ted lächelnd.

Es war schon halb eins, als sie ihre Tafel auflösten. Gerade wollte Sue die Tassen in die Spülmaschine stellen, als Ted mit der Hand unter ihren Rock fasste. «Willst du schon wieder Sex?», fragte sie lachend. «Warum nicht?», antwortete Ted und gab ihr einen Klaps auf den Po. «Mit einer kleinen Session zuvor als Würze ...»

Sues Herz hüpfte, aber sie sagte: «Ich habe dafür nichts. Nur den Vibrator.»

Ted lächelte und sah sie an. «Hast du eine Ahnung.» Dann befahl er ihr: «Setz dich ins Wohnzimmer, ich finde, was ich brauche.»

Wenig später war er wieder da und legte eine Rolle Frischhaltefolie, eine Nagelschere, das Japanöl und den Vibrator nebeneinander auf den Couchtisch, so wie ein Chirurg seine Instrumente auf das Operationstablett legt. Sue sagte vorerst nichts, denn sie wusste ja, dass es besser war, den Mund zu halten, auch wenn ihr etwas abwegig vorkam. Er gab ihr die Order, sich zu entkleiden und die Haare zu einem Zopf zu binden. Die Neugierde siegte und Sue fragte schließlich: «Es würde mich ja schon interessieren, was du da vorhast ...»

Mit einer Stimme, die aus Grönland zu kommen schien, schnitt er ihr das Wort ab: «Hab ich gesagt, dass ich irgendwelche Kommentare von dir brauche? Und wage es nicht, noch einmal zu vergessen, wie du mich anzureden hast. Es wäre bitter für dich.» «Entschuldigt bitte, Sir», kam es kleinlaut von Sue.

Sie musste sich mit geschlossenen Beinen hinstellen und die Arme etwas zurücknehmen, aber gestreckt am Körper lassen. Dann nahm er die Folie und presste sie breit und stramm an ihre Fußknöchel. Er wickelte weiter um ihre Waden, Knie und Oberschenkel. Ihre Beine wurden von der Folie eng zusammengedrückt. Sue konnte sich schon jetzt ein klares Bild davon machen, dass die wenigen und unscheinbaren Mittel, die er einsetzte, eine größere Wirkung auf sie erzielen würden, als sie geahnt hatte und Wellen der Erregung durchfluteten ihren Körper.

Ohne Unterbrechung wickelte er weiter, erfasste ihre Hände in der Folie mit besonderer Sorgfalt, und weiter ging es mit übereinandergreifenden, lückenlosen Lagen über ihre Hüften, ihre Taille und sogar über ihren Busen, der dadurch ganz eingequetscht aussah. Sue atmete schneller. Er wickelte die Schultern ein und sogar ihren Hals.

Es war ein atemberaubendes Gefühl. Nicht nur im übertragenen Sinne. Wieder einmal hatte er sie in neue Dimensionen des Fühlens geführt. Sie stand, wie eine Mumie verpackt, und alles fing an, sich zu drehen. Wenn sie das Gleichgewicht verlieren würde, konnte sie sich nicht abfangen. Bei diesem Gedanken wurden ihr prompt die Knie weich und sie sackte nach unten. Teds Arme fingen sie auf und legten sie hin. Sie wand und drehte sich, aber je mehr sie sich bewegte, desto deutlicher fühlte sie die Komplexität dieser Fessel: Sie war überall! Sogar auf jeder Hautpore. Keinen Finger konnte sie rühren, keinen Arm, kein Bein abspreizen. Sie fühlte sich wie eine Larve in einem Kokon, der sie nicht freiließ, sie jedem Fressfeind auslieferte, der sie entdecken würde. Und er ließ sie zappeln.

«Sir Morley, was macht Ihr da mit mir?», fragte sie mit bebender Stimme. Er kam nahe an ihr Ohr. «Du bist mir mal wieder ins Netz gegangen, Liebes. Es sieht gut aus. Die stolze Elfe, so hilflos windet sie sich am Boden, wie eine eingesponnene Raupe, und weiß nicht, was noch kommt. Fühle die Enge und die Bewegungslosigkeit. Probiere ruhig weiter, dich aus der Zwangslage zu befreien. Umso mehr wird dir bewusst werden, wie sicher diese Fessel ist», hauchte er ihr ins Ohr. Sue stöhnte und wälzte sich. Es war gleichzeitig eine Achterbahn- und Geisterbahnfahrt, die sie da durchlebte.

Dann holte er die Nagelschere vom Tisch, trat nah an sie heran und stieg mit einem Bein über sie. Wie ein Riese stand er über ihr und demonstrierte lächelnd seine Macht. Er hob seinen Fuß und schob sie damit hin und her und ließ sie über den Boden rollen. Sie musste es über sich ergehen lassen. Als sie wieder auf dem Rücken lag, beugte er sich zu ihr und richtete sie gerade aus. Seltsam entfernt und warm spürte sie seine Hände durch die Folie. Er packte ihre Brust, und während er sie mit Druck festhielt, wies er Sue an, unbedingt stillzuhalten. Sie konnte durch die Folie an ihrem Hals den Kopf nicht beugen und sah nicht, was er tat. Sie fühlte, wie er über die eingespannte Brust strich. Er machte irgendwas an ihrer Brustwarze. Es ziepte und stach auch einmal kurz. Nun erkannte sie, dass er mit der Nagelschere die Folie aufschnitt, um ihren Nippel freizulegen. Dann kam die zweite Brust dran. Sie hörte, wie er das Japanöl aufschraubte. Kurz darauf zwirbelte und rieb er ausgiebig ihre Nippel und massierte so das Öl ein, das kurz danach seine Wirkung entfaltete. Sie stöhnte und wand sich erneut. Nun drehte er sie auf den Bauch und fing an, bei ihrer Vulva ein Loch in die Folie zu schneiden. Soweit es möglich war, hob er ihr Becken an und hielt sie fest.

Plötzlich spürte sie, wie er ihr den Vibrator in die Möse schob. Sue gab hohe, erregte Töne von sich. Er drehte sie zurück auf den Rücken, um ihr noch einmal die Nippel mit Japanöl einzumassieren. Dann schnitt er die ganze Brust frei, knetete sie genüsslich und spielte so lange daran herum, bis Sue vor Erregung zitterte.

Und wieder wurde sie auf den Bauch gerollt. Nach einer kleinen Pause fuhr seine Hand an ihre Möse, drückte den Vibrator tief hinein und massierte mit dem Finger einmal kurz und kräftig ihren Kitzler. Eine Sekunde später wusste sie, dass er das Öl auch auf ihren Kitzler geschmiert hatte, denn dieser begann zu glühen wie eine Glühbirne. Bevor Sue das überhaupt richtig realisieren konnte, fing der Vibrator an, in ihr zu summen, und Ted bewegte ihn dazu noch kräftig. Sie spürte, wie ihr Körper langsam auf den Höhepunkt zusteuerte, doch kurz davor zog er den Vibrator einfach heraus.

Sie jammerte vor Enttäuschung und wand sich wie unter körperlichem Schmerz. Es war ein kaum zu ertragendes Gefühl, und sie flehte ihn an weiterzumachen.

«Das wollen wir uns doch lieber für später aufheben», antwortete er, «ich benötige vorher noch deine Dienste.» Sue schnappte nach Luft und versuchte erneut, sich irgendwie zu befreien. Es war völlig vergebens, und sie musste sich notgedrungen fügen. Nachdem sie sich beruhigt hatte, holte er eine große Schere und befreite sie von der Folie. Bei aller Geilheit, die diese Fesselung in ihr ausgelöst hatte, war sie froh, wieder davon befreit zu sein. Sie streckte alle viere von sich und erfüllte brav seine Wünsche, von Blasen bis Analsex.

Ferien auf Ibiza

Weiberrunde

«Kommt rein, Tina ist schon da», begrüßte Bärbel sie und hielt Caroline und Sue die Tür auf. Einmal im Monat setzten sich Sue und Bärbel zusammen, um das Wichtigste für das Geschäft zu besprechen und um sich danach auch mal ohne Arbeitsstress zu unterhalten. An diesem Abend waren noch Tina dabei, die ab und zu als Aushilfe im Laden arbeitete, und Sues Schulfreundin Caroline, die seit Längerem einmal wieder in der Stadt war.

Nachdem sie es sich gemütlich gemacht und den Wochenplan fertig geschrieben hatten, fragte Bärbel nach weiteren Punkten für das Management. «Ich möchte heute den Sommerurlaub klären, damit das vom Tisch ist. Ich bin für zwei Wochen zu einem Ibiza-Urlaub eingeladen worden. Daran anschließend hätte ich gerne noch eine Woche zum Erholen. In der dritten Ferienwoche wäre ich wieder da», verkündete Sue.

«Nach Ibiza, aha», meinte Bärbel und trug es in ihren Kalender ein. «Das passt ganz gut, denn in der zweiten Hälfte der Ferien habe ich kinderfrei. Da kann ich endlich mal wieder alleine in Urlaub gehen.» «Leonie ist doch bald vierzehn», erwiderte Sue verwundert. «Gerade dann kann man sie nicht alleine lassen. Sonst noch ein wichtiger Punkt? Nein? Dann gehen wir zum gemütlichen Teil über. Wer will Rotwein?» Tina und Caroline meldeten sich. Als Bärbel einschenkte, fragte sie neugierig: «Ist das der Typ aus der Rhön, der dich eingeladen hat, Sue? Der muss ja Kohle haben.»

Und so unterhielten sich die Freundinnen über Arbeit und Geld, über Kinder, Urlaub und natürlich über die Männer. Nachdem die erste Flasche Merlot geleert war, wurde schnell die zweite geöffnet und die Themen wurden immer intimer.

Tina und Caroline hatten als Erste einen kleinen Schwips, und als Tina von der Penisgröße ihres Mannes schwärmte, kicherte Caroline und begann zu erzählen: «Ich hatte gestern voll den geilen Traum. Ich hatte eine Schlange in der Hand. So eine süße kleine Babyboa. Die hat sich toll angefühlt. Ganz zart, wie Seide. Und dann ist sie gewachsen in meinen Händen. Immer dicker ist sie geworden, und ich habe ihren seidigen, festen Körper von oben bis unten gestreichelt.» Dabei machte sie mit ihren Händen eindeutige Bewegungen.

Die Freundinnen lachten. «Du brauchst einen Freund», meinte Sue.

«Erzähl du doch mal von diesem Ted. Was werdet ihr auf Ibiza machen?», versuchte es Bärbel wieder. «Du hast bisher nicht gerade viel erzählt, bist aber regelmäßig komplett durch den Wind, wenn du von ihm kommst.» «Ja, er ist schon speziell, deshalb reichen mir die Treffen ja auch, die wir so haben. Ich müsste ihn nicht öfter um mich haben», druckste Sue herum.

«Aber es zieht dich immer wieder zu ihm hin», stellte Caroline trocken fest.

Die Freundinnen warteten auf ihre Antwort, aber Sue hüllte sich in Schweigen.

«Ich war auch mal auf Ibiza, Mitte der Neunziger», platzte Tina in die Stille hinein, «das war auch speziell.» «Dann erzähle doch mal», forderte Caroline sie auf. Und Tina begann zu erzählen:

Das Ganze lief anders als geplant. Ich hatte mich mit der Freundin zerstritten, mit der ich dort war, und wollte keinen Tag mehr mit ihr im Hotel wohnen. Tags zuvor hatten wir einen Deutschen kennengelernt, der noch zwei Tage in Ibiza-Stadt sein wollte, bevor er nach Hause flog. Klaus hieß er, und ihm habe ich mein Leid geklagt. Er bot mir an, dass ich bei ihm schlafen könne. Er wäre allein und habe ein Doppelzimmer. Ich wusste nicht so recht, ob ich glauben sollte, was ich da gehört hatte. Denn er sah nicht aus wie einer, der Frauen abschleppt. «Passiert da auch nichts?», fragte ich.

«Nein, da wird nicht geklaut», sagte er. «Das meine ich nicht. Wir sind in einem Zimmer und ... da steht nur ein Bett und ...» «Ach so, das meinst du. Nein, da kannst du ganz beruhigt sein.» Und er meinte es auch so. Zumindest in diesem Moment.

Es war später Nachmittag, als ich mich bei ihm einquartierte, und als jeder sich in seiner Ecke für den Abend umzog, war deutlich zu spüren, wie fremd wir uns waren.

Wir machten noch einen interessanten Nachtbummel durch die Stadt und gingen für dortige Verhältnisse ziemlich früh zurück ins Hotel, denn ich war todmüde. Es herrschte eine abartig große Hitze. Das Thermometer zeige mitten in der Nacht noch Temperaturen um die dreißig Grad an, dazu kam die hohe Luftfeuchtigkeit. Trotzdem ließ ich wenigstens meinen Slip an, als ich mich neben Klaus ins Bett legte. Ich schlief auf der Stelle ein.

Als ich mich in der Nacht im Halbschlaf auf den Bauch drehte, landete mit meiner Drehung eine warme Hand zwischen meinen Beinen. Ich wurde nicht wach genug, um ernsthaft darüber nachdenken zu können, geschweige denn zu reagieren, aber spüren konnte ich alles. Er berührte ganz zart meine Schamlippen, immer wieder, ganz heimlich, so als wollte er vermeiden, mich zu wecken. Trotz des Slips spürte ich diese herrliche, verschlafene Erregung in mir hochsteigen, wie in einem erotischen Traum. Ohne es zu wollen, reagierte ich mit einem kleinen Stöhnen darauf und drehte mich etwas, was ihn veranlasste, mutiger zu werden und mich immer mehr zu erregen, was ich aber nicht zulassen wollte. Ich schnappte mir seine Arme, hielt sie fest und sagte: «Lass uns lieber sein wie Bruder und Schwester.»

Es war schön, mal wieder einen Menschen so nahe zu spüren, und zufrieden dämmerte ich wieder weg.

Irgendwann, wahrscheinlich nicht viel später, befreite er behutsam seine Arme aus meinem Griff und fing von Neuem an, mich zu streicheln. Ich war viel wacher als zuvor, genoss es aber so, dass ich mich schlafender stellte, als ich war, und mich so drehte, dass er meinen Körper besser erreichen konnte. Alles, was er tat, war schön. Es war, als würde er meinen Körper und das, was ich mag, ganz genau kennen, und kurz danach war ich auch voll dabei. Und als er dann mit seinem Mund zwischen meine Beine wanderte, hörte ich die Englein singen. Am nächsten Morgen liebten wir uns noch einmal, und er war tatsächlich einer der wenigen Männer, die es auf Anhieb und ohne

Schwierigkeiten schafften, mir einen Orgasmus zu bescheren. Auch ich hatte bei ihm leichtes Spiel, trotz Gummi. Nach dem Frühstück ging jeder glücklich seiner Wege.

Als Tina geendet hatte, fingen die Frauen an, über vaginale und klitorale Orgasmen zu diskutieren. Nur Bärbel war auffallend ruhig. Sue bemerkte es, weil sie als Fahrerin heute nüchtern geblieben war, und fragte, ob alles in Ordnung sei. Bärbel holte tief Luft.

«Ich war auch mal auf Ibiza. Auch in der Zeit wie Tina. Und ich hab da auch was erlebt.» Bärbel wurde bestürmt, ihre Geschichte zu erzählen. «Nur, wenn ihr sie für euch behaltet.»

Ich war damals ohne ein Hotel gebucht zu haben nach Ibiza geflogen, weil ich mich nicht festlegen wollte. Schon auf dem Hinflug habe ich einen Mann kennengelernt, einen Lehrer aus Köln, mit dem ich dort meine erste Affäre hatte. Nachdem er ins Landesinnere zu Freunden gereist war, ging es mit den Männern ohne Pause weiter. Ich lernte den Engländer Marc kennen, witzigerweise auch ein Lehrer, der mich mit nach Sta Eulalia nahm, wo er mit zwei Belgiern in einem Haus wohnte, das einem Deutschen gehörte. Ich weiß nicht, was los war, offenbar hatte ich in diesem Urlaub eine besondere Ausstrahlung, denn ich hatte nie vorher und nie nachher so viele Chancen bei Männern. Mit dem Engländer verbrachte ich eine wundervolle Woche, er war ein echter Gentleman. An seinem letzten Abend auf der Insel fuhren wir alle zusammen zu einer Open-Air-Party in einen staubigen Steinbruch. Da tanzten grelle und ausgeflippte Leute zu Technoklängen, und rundherum gab es welche, die gekonnt dazu trommelten. Echt irre.

Zwei Tage später schipperte ich nach Formentera, und es war dort so öde, dass ich nach einer Stunde wieder kehrt machte. Mit auf der Fähre war ein spanischer Hippie, den ich als einen der Trommler von der Staubparty wiedererkannte. Er war so zottelig, dass es mir schon fast zu viel war, aber er hatte etwas, was sich schwer beschreiben lässt. Charmant, selbstsicher und dreist sind viele ... Möglich, dass es die Art war, wie er sich bewegte: geschmeidig und aggressiv, wie eine hungrige Großkatze. Unaufgefordert setzte er sich neben mich und unterhielt mich mit seinem schlechten Englisch. Als er einfach so seinen Kopf auf meine Schulter legte, löste sich durch seine wilden Locken mein Ohrring und fiel auf den Rand meines Ausschnittes. Ich konnte ihn gerade noch angeln, fand aber den Stecker nicht mehr. Das nahm er zum Anlass, mein enges Top zu lüften und meine Brust zu begutachten. Ich klopfte ihm auf die Finger. Nachdem ich ihm erzählt hatte, dass ich auf der Suche nach schönen Orten auf der Insel war, lud er mich zu einem Strand ein, der mir sicher gefallen würde.

Jo-Fe, so hieß der Hippie, pflückte mir auf dem Weg zum Strand Feigen und Mandeln und erklärte mir Land und Vegetation.

Der «Strand» bestand ausschließlich auf Felsplateaus, war sehr schön ... und sehr einsam. Mein Begleiter war wirklich clever. Nach einem Bad im Meer lotste er mich mit viel Geschick an die einsamste Ecke der Bucht. Als ich mich neben ihm in die Sonne legte, wanderte ziemlich prompt seine Hand auf meinen Körper. Er streichelte und erregte mich so souverän, dass ich mir meinen Protest immer wieder verkniff. Plötzlich hatte sich dieser Freak in einen souveränen und feurigen Liebhaber verwandelt. Trotzdem begann ich, ihn auszubremsen, und sagte ihm in allen Sprachen, denen ich mächtig war, dass ich ihn nicht hineinlassen könne, da wir keine Gummis zur Hand hätten. Gummis fände er Scheiße, und er liebe immer ohne. Dann könne er eben nicht rein, gab ich ihm zu verstehen. Ich solle mir keine Sorgen machen, meinte er, und bevor ich es richtig begriffen hatte, sah ich nur noch seine dunkelblonden Locken zwischen meinen Beinen. Ich war nicht fähig, ihn aufzuhalten. Ich fühlte mich wie das Opfer in den Fängen eines Raubtieres, das zu hypnotisieren vermag. Plötzlich war er über mir, und ich spürte, wie er in mich eindrang. Ich wurde panisch. Er lag auf mir, hielt mir sanft den Kopf fest, und sagte mit einer Stimme, die wie das samtige Rollen in der Kehle eines Panthers klang: «Tranquilo, tranquilo.»

Ich drückte ihn trotzdem weg, auch wenn es mir schwerfiel. Natürlich spürte er, dass ich höchst erregt war, und er probierte es noch zwei-, dreimal, aber ich zog es vor, die Sache zu beenden. Ich wollte nach Hause, denn ich fühlte die Spannung in ihm. Einen Abschiedsdrink bei Sonnenuntergang in San Antonio wollte er noch. Was sollte ich machen? Er hatte das Auto.

Dort lernten wir einen Amerikaner mit schöner spanischer Begleitung kennen, und es wurde immer später, ohne dass Jo-Fe Anstalten machte, mich nach Hause zu fahren. Die Lage wurde immer angespannter. Der Amerikaner und seine Freundin erkannten meine fatale Situation, wollten mir helfen und fingen irgendwann an, mit Jo-Fe auf Spanisch zu diskutieren, was in einem heftigen und lauten Streit endete.

Endlich versprach Jo-Fe, mich nach Sta Eulalia zu bringen, und er rührte mich auch nicht mehr an. Und obwohl er mir gegenüber freundlich blieb, betete ich wahrhaftig zu Gott: «Bitte, bitte, lass mich heil ankommen, meiner Tochter wegen, auch wenn ich heute so viel falsch gemacht habe. Ich tue so was nie wieder!»

Warum? Jo-Fe fuhr wie eine Sau! Achterbahn ist ein Dreck dagegen, wenn ein feuriger Spanier auf seinen dicken Eiern sitzt. Er fuhr ohne Licht, wechselte auf die Gegenspur und einiges mehr.

Ich wollte in diesem Urlaub keinen Mann mehr sehen. Bleibt noch anzumerken, dass ich drei Tage später den Amerikaner im Pacha wiedertraf. Beinahe hätte er mich nicht mehr erkannt, weil ich im Gegensatz zu unserem ersten Treffen aufgestylt war. Und was machte er? Er baggerte mich hemmungslos an. Habe ihn aber abblitzen lassen ...

«Mann, das ist ja der Hammer», meinte Tina. «Ist das wirklich genau so passiert?»

Bärbel zuckte mit den Schultern. «Das war noch die Kurzform.» «Hast du nicht vorher gemerkt, wie dieser Jo-Fe drauf ist?», fragte Caroline. «Hier wäre mir das nicht passiert, aber Urlaub, Sommersonne und Tausend Flirts, das macht leichtsinnig.»

Caroline wandte sich besorgt an Sue: «Dass du bitte gut auf dich aufpasst.» «Sue fliegt doch nicht alleine. Sie hat doch Ted als Beschützer, da kann ihr nichts passieren», beschwichtigte Tina sie.

Hatten die eine Ahnung, dachte Sue, sprach es aber nicht aus.

Unbefriedigt

Drei Wochen nach dem aufschlussreichen Abend mit ihren Freundinnen ging es auch schon los.

«Was machen wir in den zwei Wochen auf Ibiza?», wollte Sue im Flieger wissen.

«Party, Strand, Leute besuchen, Party», antwortete Ted. Das klang vernünftig, dachte sie. Was anderes unternimmt man auf Ibiza auch nicht.

Die ersten vier Tage wohnten sie in einem Hotel in Ibiza Stadt. Es war wie ein Rausch. Tag und Nacht war hier etwas los, und die Menschen, bunt wie Paradiesvögel schienen alle verliebt zu sein. Ted und Sue stürzten sich kopfüber in das flirrende Geschehen, sie feierten, relaxten am Strand und hatten tollen Sex.

Dann bezogen sie ein Hotel in einer kleinen Stadt auf der Westseite der Insel. Es war dort ruhiger als in Ibiza Stadt, aber interessante Events gab es auch hier. Nur eine Sache veränderte sich, und zwar der Sex. Sie trieben es genau so oft wie vorher, aber es war, als ob Ted darauf achtete, dass Sue keinen Orgasmus mehr bekam. Zuerst machte sie sich nichts daraus, weil sie auch mal ohne auskommen konnte. Aber mit Ted hatte sie das bisher nicht gekannt, vor allem, weil sie in seiner Nähe sowieso immer leicht erregt war. Am dritten Abend – sie hatten gerade Sex gehabt, ohne dass sie dabei befriedigt worden war – wartete Sue, bis Ted tief und gleichmäßig atmete, und fing dann an, sich zu streicheln. Erst zaghaft, um ihn nicht zu wecken, dann mutiger.

«Na Sue, schon nach drei Tagen legst du selbst Hand an?» Sue erschrak. Ted war hellwach und sah sie an. «Ich habe mich schon gefragt, wann es so weit ist. Ich musste ja nicht lange warten, du geiles Stück.» «Du hast mich mit Absicht auf dem Trocknen gelassen.» «Tja, es ist ein Leichtes, dich zappeln zu lassen, weil du zu den vielen Frauen gehörst, die ihre Klitoris für den Orgasmus brauchen.» «Warum tust du das?», fragte Sue mit einem komischen Gefühl im Bauch. «Das ist mein neuestes Spiel. Du musst nur einen Befehl befolgen, und der lautet: Finger weg!» «Das ist ein blödes Spiel», maulte sie. «Ich sehe schon, es geht mal wieder nicht ohne Zwang», dabei stand er auf, kramte in seiner Reisetasche und versteckte etwas hinter seinem Rücken. Er kam zu ihr zurück, drückte mit seinem Gewicht ihren Oberkörper nach unten, hob ihre Hüfte und schob etwas darüber. Es machte klack, klack, und er ging wieder in sein Bett. Sue schaute an sich herunter. Ein flexibles, aber festes Plastikding lag wie ein perfekt sitzendes Höschen um ihre Hüfte und zwischen ihren Beinen. «Was soll das?» «Das ist ein moderner Keuschheitsgürtel. Von einem Bekannten von mir unter anderem dafür entwickelt, um die Frau von der Selbstbefriedigung abzuhalten. Er ist sehr sicher.» Sue konnte es nicht fassen. «Und wenn ich aufs Klo muss?» «Pipi kannst du damit machen. Du wirst ihn auch nur tragen, wenn ich dich nicht im Auge haben kann. Also nachts und wenn du alleine unterwegs bist.» «Darf ich bitte wissen, warum du so ein Spiel mit mir spielst? Hab ich dir irgendwas getan? Bist du sauer auf mich?», fragte sie mit einem Anflug von Verzweiflung in der Stimme. «Du stellst die falschen Fragen, Baby. Du wirst dich dran gewöhnen», meinte er bloß und drehte sich um.

Sue erkannte, dass es sinnlos war, Ted umzustimmen. Sie untersuchte das Ding und versuchte, es zu bewegen und darunter zu greifen. Aber durch verschiedene verstellbare Elemente konnte es perfekt angepasst werden. Als sie sich bewegte, spürte sie den festen Sitz des Teils, und ihr Körper reagierte prompt mit Erregung darauf. Sie sagte sich, dass sie nicht normal wäre, und versuchte zu schlafen.

Der nächste Tag war der achte, den sie gemeinsam auf der Insel waren. Er war schön und abwechslungsreich, doch Sue stand unter Strom, und Ted machte es ihr nicht leichter. Seine Berührungen, seine Blicke, seine Stimme, alles schien er einzusetzen, um sie noch mehr zu erregen.

Am neunten Tag versuchte sie, ihn umzustimmen, indem sie all ihre erotischen Künste aufbrachte und ihn hingebungsvoll verwöhnte. Er nahm das mit aller Selbstverständlichkeit hin und ließ sie dann mit der gleichen Selbstverständlichkeit unbefriedigt. Danach wälzte sie sich fast eine Stunde im Bett, bevor sie einschlafen konnte.

Am zehnten Tag, auf dem Weg zum Strand, überlegte sie sich, ob sie sich nicht schnell auf dem Klo oder im Meer befriedigen sollte. Doch als ob Ted das geahnt hätte, packte er sie mit seinem Schraubzwingengriff im Nacken und zog sie an eine einsame Stelle. «Sprich mir nach: Ich werde Eurem Befehl gehorchen, bis Ihr ihn selbst aufhebt, Sir Morley!», befahl er beschwörend. Sein siebter Sinn machte Sue Angst. Sie sprach ihm fast schuldbewusst nach. «Noch einmal!», herrschte er sie an. «Ich werde Eurem Befehl gehorchen, bis ihr ihn selbst aufhebt, Sir Morley!», wiederholte sie lauter. «Ich würde es merken, glaub mir das. Und ich würde dich noch am selben Tag in den Flieger setzen und nach Hause schicken», drohte er ihr, und dann erst ließ er sie los und ging weiter.

Am elften Tag warf sie sich wieder an ihn heran. Wie eine Schlange wand sie sich um ihn und wollte ihn verführen, denn inzwischen hätte sie wohl auch einen vaginalen Orgasmus bekommen. Ted brachte sie aber dazu, ihm einen zu blasen, und sie ging wieder leer aus.

Am zwölften Tag war sie gar nicht mehr sie selbst. Sie war fahrig, schlecht gelaunt und wollte sich betrinken. Ted ging mit ihr zurück ins Hotel. Dort angekommen fiel sie vor ihm auf die Knie und flehte ihn an: «Bitte, bitte beende dieses Spiel, ich kann nicht mehr. Ich schmelze vor Geilheit. Meine Muschi fühlt sich schon ganz dick an. Ich werde noch verrückt.» Ted ging um sie herum zum anderen Ende des Raumes, lehnte sich dort an die Wand und sah sie von oben herab an. «Sag ‚bitte'», verlangte er. Sue kroch auf ihn zu. «Das habe ich doch schon gesagt. Bitte! Bitte, bitte, bitte! Sir Morley, habt Erbarmen mit Eurer Sklavin», jammerte sie. «Wieso sollte ich das haben?» Er stand lässig mit verschränkten Armen da. «Was hast du denn anzubieten, Sklavin?» «Meine Dienste, Sir.» «Den ganzen Satz, bitte.» Sue hing jetzt an seinem Bein. «Ich will Euch stets zu Diensten sein, Sir Morley.» Er schubste sie zurück. «Ich will keine Floskeln! Also bitte, noch einmal ernsthaft!», herrschte er sie an. Sie wiederholte es noch einmal und noch einmal. «Zum Beweis, dass du es ernst meinst, sollst du mir die Füße küssen.» Sue tat es sofort. Als sie wieder an ihm hochblickte, hatte er den Kopf nach hinten an die Wand gelehnt und seine

Halsschlagader war deutlich zu sehen. Erst viel später wurde Sue klar, wie sehr ihn diese Situation erregt hatte, vor allem weil er geschafft hatte, dass *sie* das tat. Sie, die stolze, im Inneren unbeugsame Sue.

Er nahm sie an den Schultern und zog sie hoch. «Nein», sagte er. «Was nein?» «Nein, du wirst nicht erlöst.» «Das kannst du nicht machen, das könnt Ihr nicht machen, Sir.» «Kein Wort mehr oder ich muss dich auch noch knebeln.» Er zog Sue den Keuschheitsgürtel an und schickte sie zu Bett.

Am dreizehnten Tag folgte er ihr morgens ins Bad. Sue sagte nichts. Als sie geduscht hatte, wendete er wieder seinen Lieblingsgriff an, führte sie zurück auf ihr Bett und band sie mit gespreizten Armen und Beinen daran fest.

«Heute Abend findet auf einer Finca hier auf der Insel ein Fest statt, das Freunde von mir veranstalten. Dort treffen sich Leute mit den verschiedensten sexuellen Veranlagungen, BDSMler, Schwule und Lesben, Leute mit Fetischen und so weiter. Sie treffen sich nicht, um den ganzen Abend zu ficken, sondern um zu feiern. Aber eine gewisse Würze hat es natürlich doch. Unter anderem werden an der Tanzfläche, vier Sklaven stehen, zwei Männer und zwei Frauen. Eine der beiden Sklavinnen sollst du sein.»

Ein wuchtiger Blitz schlug in Sues Unterleib ein. Bevor sie etwas sagen konnte, sprach er weiter: «Diese Sklaven sind an Händen und Füßen gefesselt und nackt – zumindest an den richtigen Stellen. Sie werden im Wechsel eine halbe Stunde stehen und eine halbe Stunde im Vierfüßlerstand knien. Jede volle Stunde haben sie eine zehnminütige Pause. Der Job geht drei oder vier Stunden, und die Gäste dort haben das Recht, die Sklaven anzufassen oder auch mit einer weichen Peitsche zu züchtigen. Damit das nicht aus dem Ruder läuft, hat jeder Sklave einen Besitzer, der im Laufe des Abends wechseln kann. Ich werde dort ein ganz normaler Gast sein und mich nicht um dich kümmern.» Er machte eine kleine Pause. «Ich weiß, dass du mit einigen Formen der Erniedrigung vor vielen und noch dazu fremden Leuten große Probleme hast. Deshalb hast du die Wahl. Wenn du das alles nicht willst, musst du es nur sagen.» Sue wollte den Mund aufmachen, aber

Ted stoppte sie: «Ich bin noch nicht fertig. Ich möchte, dass du mir auf eine ganz bestimmte Art und Weise antwortest. Ich werde jetzt versuchen, dir einen Orgasmus zu bescheren. Wenn du innerhalb einer Viertelstunde kommst, heißt das: Ja, ich nehme den Job an. Wenn du es schaffst, mir zu widerstehen, dann heißt das: Nein, ich möchte das nicht tun. Soweit klar?» Sue schaute ihn mit weit aufgerissenen Augen an. «Du bist der größte Mistkerl, den ich je kennengelernt habe.»

Ted hatte jetzt wieder seinen frechen Gesichtsausdruck. Er zog die Vorhänge zu, zeigte auf die Uhr und meinte: «Ab jetzt gilt es.» Ohne Eile legte er sich bäuchlings zwischen ihre Beine. Er zog ihr die Schamlippen auseinander und wanderte mit den Händen hoch zu ihrer Brust. Langsam fing er an, ihre Brustwarzen zu drehen. Sie versuchte, keinen Laut von sich zu geben, aber ihr Atem ging schnell schwerer. Ihre Klitoris hatte er noch nicht berührt. Jetzt pustete er nur leicht dagegen. Das reichte schon, um eine Raserei in ihrem Inneren auszulösen. Sie hätte gern einen klaren Gedanken gefasst, aber die Geilheit hatte ihr Gehirn komplett lahmgelegt. Sein Mund musste ganz nah an ihrem Kitzler sein. Sie hatte das Gefühl, ihr Kitzler würde schmerzhaft anschwellen, als wollte er auf diese Weise Teds Mund erreichen. Sie stöhnte.

Dann spürte sie ihn. Sein Mund packte sanft ihre Knospe und hielt sie fest. Mit der Zunge schlug er schnell und rhythmisch darauf ein. Der Orgasmus kam sofort, und ihr Unterleib zuckte so heftig, dass Ted sie festhalten musste. Ein zurückgehaltener Schrei brach aus ihrer Kehle. Eine Welle nach der anderen durchflutete sie, und sie wollten nicht verebben.

Ted drang in sie ein und fickte sie heftig. Sue hatte das Gefühl, gerade noch einmal zu kommen, als er in sie stieß.

Danach löste er ihre Fesseln, strich sanft über ihren Körper und sagte: «Na, das war aber ein promptes und freudiges Ja.» «Das war kein faires Spiel. Ich hatte keine Chance», protestierte Sue immer noch völlig fertig. «Wenn dich das, was ich dir über die Fete erzählt habe, abgeturnt hätte, dann hättest du es geschafft», meinte er lakonisch.

Sue stand auf, zog die Vorhänge zurück und öffnete das Fenster. Die Sonne warf noch lange Schatten und ein kühler Morgenwind erfrischte ihr erhitztes Gesicht. In der Ferne krähte ein heiserer Hahn, und das Meer sah so friedlich aus wie eine riesengroße, türkisfarbene Badewanne. Sue schloss die Augen und sog die duftende Luft ein. «Ich brauche jetzt Sport», sagte sie, schlüpfte in ihr Joggingdress und verließ das Zimmer.

Ein berauschendes Fest

Als Ted und Sue auf dem besagten Event erschienen, hatte es noch nicht angefangen. Sue teilte sich mit den anderen drei Sklaven eine Garderobe und ein paar Helferinnen, die sie zurechtmachen sollten.

«Hallo Sue, schön dich wiederzusehen», sagte eine der Frauen. Sue erkannte die Visagistin vom Fotoshooting und begrüßte sie herzlich. Es tat gut, ein bekanntes Gesicht zu sehen. Sie hieß Kati und war hier das Mädchen für alles. Sue erzählte ihr, dass sie Angst hatte vor ihrer Aufgabe, aber Kati winkte ab. «Ich habe dich beim Fotoshooting gesehen», meinte sie und half Sue beim Umkleiden. «Du musst hier auch nicht schauspielern. Man wird kaum etwas von deinem Gesicht sehen.»

Das tröstete Sue sehr, und als sie fertig gestylt war, gefiel sie sich richtig gut. Das gesamte Outfit war schwarz. Ihre Beine steckten ohne Strümpfe in Overknees und ihr Torso in einem Lackmieder mit Schnürung auf dem Rücken und gut sitzenden, breiten Riemen an der Hüfte, die ihre Beine am Schritt einfassten. Außerdem hatte es Träger, die seitlich an ihrer Brust vorbei zum Hals gingen und dort in einem Halsband endeten, an dem vorne ein Ring angebracht war. Sie trug eine schwarze, mit feinem Strass umrandete Larve, die ein Viertel ihres Gesichtes verdeckte, aber ihre Augen freiließ. An Hand- und Fußgelenken wurden breite Manschetten angebracht, die mit Ösen versehen waren, und in ihren Mund bekam sie einen speziellen Knebel gestopft: Er bestand aus einem festen Gummiring, der offen war. Sue konnte jetzt ihren Mund nicht mehr schließen. Ihre Muschi, komplett kahl rasiert, und ihre nackten Brüste wurden von dem Mieder noch mehr in Szene gesetzt.

Dann war es so weit. Sues «Sklavenhalter» war ein bärtiger Mann mit einem Gesichtsausdruck wie Dennis Hopper in seinen übelsten Rollen. Er klickte eine Lederleine an ihr Halsband und führte sie in den Festsaal und an ihren Platz an einer Ecke der großen Tanzfläche. Dort verband er eine ein Meter lange Stange an den Enden mit Sues Handmanschetten und zog sie mittels einer von der Decke hängenden Kette hoch, bis Sue mit ausgestreckten Armen stand. Dann nahm eine zweite Stange, die er zwischen ihren Fußmanschetten anbrachte. Nun konnte Sue ihre Arme und Beine nicht mehr schließen und sich nur noch um die eigene Achse drehen. Neben ihr befand sich ein 80 Zentimeter hohes Podest, von dem der Mann nun eine Peitsche mit vielen langen Riemen nahm, ausholte und mit viel Schwung einmal kräftig zuschlug. Aber die Peitsche war wirklich weich. Und wenn sie nicht nonstop zum Einsatz kam, konnte Sue das sicher aushalten. Eine herrisch aussehende Frau kam auf sie zugeeilt. «Du konntest es wieder nicht lassen, nicht wahr, Kurt?», und zu Sue gewandt sagte sie: «Schlagen ist seine Lieblingsbeschäftigung, obwohl das hier nur die Gäste dürfen.» Sue zuckte bei dem Namen «Kurt» zusammen und schaute den Mann genauer an. Den Namen hatte sie schon einmal gehört, und zwar an Pfingsten. Er blickte ihr herausfordernd in die Augen, als er die Peitsche verächtlich zurück auf das Podest warf. Bevor Sue sich jedoch in beängstigende Gedanken verlieren konnte, meinte die Domina: «Keine Angst, mein Häschen, du wirst das hier überleben. Komm her, hiermit geht's leichter. Schön schlucken.» Sie drückte Sues Kopf zurück, setzte ein Sektglas an den Mundring und ließ den Inhalt hineinlaufen.

In den ersten eineinhalb Stunden verlief das Fest für Sue so ruhig, dass sie mit lasziven Körperbewegungen auf sich aufmerksam machte. Damit lockte sie die Gäste auch an, und wurde dann vorwiegend an der Brust und am Po angefasst. Andere füllten sie mit Getränken ab, die natürlich überflossen, wenn Sue genug hatte. Dann leckten fremde Männer, aber auch Frauen ihr die verschütteten Cocktails von der Brust.

In der zweiten Stunde kochte die Stimmung immer mehr hoch. Als sie das zweite Mal auf dem Podest kniete, wurde sie von Alex und Etzel begrüßt, die gerade angekommen waren. Alex erzählte ihr, dass sie selbst vor zwei Jahren die Sklavin auf solch einem Fest gewesen war.

Als Sue wieder stand, kam eine ausgelassene Gruppe von Leuten in schrägen Klamotten, deren Anführer sich vor sie hinstellte und seine Brust an Sues Nippeln rieb. Dann griff er nach ihrem Po, stellte einen Fuß über die Stange zwischen ihren Knöcheln und zog sie so weit zu sich heran, dass Sue sich nicht mehr auf den Beinen halten konnte. Der Kerl drückte sie fest an seine Männlichkeit und stieg nun auch mit dem zweiten Fuß über die Stange. «Zieh die Stange hoch», sagte er auf Englisch zu seinem Kumpel hinter ihm. Der johlte und zog die Stange bis zu seinen Schultern hoch. Sue hing nur noch an ihren Armen und klemmte sich zu deren Entlastung mit den Beinen an den Kerl. Der machte daraufhin Bewegungen, als würde er sie ficken. Die Gruppe johlte und klatschte Beifall, bis Sues neuer Sklavenhalter sagte, es sei genug. Kaum hatte sie wieder festen Boden unter den Füßen, kamen zwei weitere Gäste, von denen der eine sie an den Brüsten festhielt und der andere sie von hinten auspeitschte. Eine Lesbe schmierte ihre Brust mit Sahne ein und leckte sie dann genüsslich wieder auf. Ein Finger verirrte sich kurz in ihre Möse.

So ging es die ganze Stunde lang. In ihrer kurzen Pause musste Sue dringend etwas essen, weil sie schon einen kleinen Rausch hatte und den Bezug zur Wirklichkeit brauchte. Es war hier doch ganz schön abgedreht, dachte sie.

Doch die Party tobte immer mehr. In der dritten Stunde gab es kaum eine freie Minute mehr für sie. Die Hände der Gäste waren ständig überall, walkten ihren Po, drehten an ihren mittlerweile schon hochempfindlichen Brustwarzen, peitschten wahllos drauflos und versuchten, ihr Unmengen Alkohol einzuflößen. Einer versuchte sogar, ihr einen Geldschein in die Möse zu stecken, aber die Domina, die jetzt ihre Sklavenhalterin war, ließ ihre Gerte fies auf seine Finger knallen. Es war ein sauber gezielter Schlag, zwei Millimeter an Sues Körper vorbei. Der Typ schrie auf vor Schmerz und wollte sich wehren, aber als er den Blick und die Haltung der Domina sah, trollte er sich.

Als Sue wieder kniete, hatte sie es zwar verstärkt mit der Peitsche zu tun, aber in ihrem Alkoholrausch fand sie diese Haltung besser. Es brodelte in ihr, und sie war schon eine ganze Weile so erregt, dass sie froh war, eine gute Aufpasserin zu haben, denn sie konnte nicht mehr für sich garantieren. Wieder kam jemand, der ihr an die Brüste ging. Sie spürte, wie sich aus ihrem Mund ein Speichelfaden zog bis fast auf das weiche Podest, auf dem sie kauerte, aber sie konnte den Mund ja nicht schließen.

Und wieder musste sie stehen. Die Musik hämmerte schnell und laut, während die Geräusche der Gäste sich zu einem dunklen und langsamen Schwingen verwoben. Dieser ungleiche Mix aus Rhythmen brachte Sues Gehirn so ins Schleudern, dass der Raum um sie herum anfing, sich zu drehen. Sie verstand die Menschen kaum noch, sie spürte nur noch das, was sie mit ihr machten. Jede Berührung, ob zart oder hart, hatte jetzt einen körpereigenen Verstärker und brachte sie immer mehr in eine erregte Trance. Nach einer Weile fing sie an zu zittern und sackte in ihren Fesseln zusammen. Jemand kam, zog sie wieder hoch und sagte etwas wie: «Bleib auf den Beinen. Es sieht scheiße aus, wenn du so herumhängst.» Sue riss sich zusammen und versuchte, sich gerade zu halten. Doch die Erschöpfung und der Alkohol bewirkten erneut, dass ihr Gehirn Karussell mit ihr fuhr, und sie brach ein zweites Mal zusammen.

Sie spürte, wie sie gehalten und von den Ketten und Stangen befreit wurde. Man trug sie in einen Nebenraum auf eine Couch, entfernte Larve und Knebel, brachte ihr Wasser und deckte sie zu.

Die Tür ging auf und Ted kam herein. Seine Miene sah sehr besorgt aus. Er kniete sich vor sie hin und strich ihr eine Strähne aus dem Gesicht. «Wie geht es dir, meine Elfe?», fragte er liebevoll.

«Du hast bekommen, was du wolltest. Jetzt lass mich allein. Ich will niemanden sehen», kam es leise von ihr. Ted ging, wenn auch unwillig und besorgt. Leise schloss er die Tür.

Gut, dachte Sue, es schadete ihm gar nicht, wenn er sich einmal Sorgen um sie machte. Sie lächelte, ließ ihre rechte Hand an ihren Kitzler wandern und bescherte sich in aller Ruhe einen schönen berauschten Orgasmus.

Spätsommerhitze

Pokerrunde

Auf dem Rückflug hatte Ted einen Bekannten getroffen und saß die meiste Zeit bei ihm und unterhielt sich. Das war Sue ganz recht, denn sie hatte so viel erlebt, dass sie das Gefühl hatte, es müssten vier, statt zwei Wochen vergangen sein. Die verrückte Party lag erst zwei Tage zurück und wirkte immer noch nach. Oft hatte Sue das Gefühl neben sich zu stehen, war geistesabwesend und unkonzentriert. Die Sklavenrolle hatte sich in ihr so manifestiert, dass sie bei ganz normalen Handlungen und Gesprächen ein devotes Verhalten zeigte, worüber sich Ted amüsierte und sie sich ärgerte. Nur langsam und mit viel Selbstdisziplin kehrte sie zu ihrem gewohnten Verhalten zurück.

Sie lehnte sich in ihren Sitz, sah durch das Fenster auf die weißen, dicken Wolken und träumte vor sich hin. Erst kurz vor der Landung setzte sich Ted wieder neben sie. Er lächelte sie an. «Hast du dich ein wenig ausgeruht?», fragte mit liebevoller Stimme. «Ja, hat gut getan.»

Nachdem er ihr sanft eine Strähne aus dem Gesicht gestreichelt hatte, fragte er: «Sag mal, hast du nicht noch eine Woche Urlaub?» «Ja, wieso?» «Das ist gut. Die Rhön ist wunderbar im Sommer.» «Ich wollte nach Hause fahren, da kann ich mich besser erholen.» Ted lächelte. «Zu Hause denkst du nur an die Arbeit. Das ist keine Erholung. Spann doch einfach noch drei Tage bei mir aus. Danach hast du immer noch viel Zeit, um wieder in den Alltagstrott hineinzukommen.» Dabei legte er seine Hand an ihren Nacken und massierte ihn mit leichtem Druck.

Sue atmete tief ein und sah ihn prüfend an. Er war die Verführung in Person.

«Du hast doch was vor.» «Meine Vorhaben haben dir doch bisher ganz gut gefallen», flüsterte er ihr ins Ohr.

Wieso konnte sie ihm bloß so schwer widerstehen? «Okay», gab sie zögerlich ihr Einverständnis.

«Das ist ja wohl nicht dein Ernst?», platzte sie heraus. Sue sah Ted fassungslos an.

«Doch, das ist mein Ernst.»

Nach einem idyllischen Frühstück auf seiner Terrasse hatte er ihr erklärt, dass er sie seinem Freund Micha versprochen hatte, bei dem Ted während des Rückflugs gesessen hatte. Sie sollte die einzige Frau bei einer Fickorgie mit vier Männern sein. Sue war außer sich.

«Sag mal, kennst du langsam gar keine Grenzen mehr? Du willst mich an andere Typen verschachern, wie ein Stück Vieh. Und ich soll mich wie eine billige Hure von wildfremden Männern ficken lassen. Da werde ich nicht mitmachen. Jetzt bist du zu weit gegangen.»

Sie knallte das Besteck auf den Tisch und rannte ins Haus.

Ted eilte ihr hinterher und fand sie sitzend vor ihrer offenen Reisetasche, das Gesicht grübelnd in die Hände gestützt.

«Hör mal Sue, warum kommst du hierher? Warum vertraust du mir seit dem ersten Abend? Weil du es kannst, und das weißt du. Ich respektiere jede Grenze. Dazu habe ich aber einen klaren Kodex: Persönliche Grenzen sind bei jedem Menschen vorhanden, in der Regel unveränderlich und werden nicht überschritten, von mir genauso wenig wie von der Person, die sie gezogen hat. Selbst auf dein eigenes Verlangen hin würde ich diese Grenze nicht übertreten. Morgen nicht und auch nicht in zehn Jahren», sagte er ruhig und ernst, dann machte er eine Pause, um seine Worte wirken zu lassen. Eindringlich fuhr er fort: «Denn wenn du es wahrhaftig *nicht* willst, könntest du es auch nie tun!» Er blickte auf die Uhr. «Wir haben noch den ganzen Vormittag Zeit. Ich gebe dir Block und Stift und möchte, dass du dich bis eins entscheidest. Entweder du schreibst: Der Befehl, Sex mit anderen Männern zu haben, überschreitet meine Grenze, oder du schreibst: Ich bin bereit für Eure Freunde und ihre Wünsche, Sir.»

Ted ging zum Schreibtisch, holte Block und Kuli, warf beides in die offene Reisetasche und schickte sich an, das Zimmer zu verlassen. Hastig drehte Sue sich um und rief:

«Es geht hier nicht um blöde Grenzen, es geht um meinen freien Willen. Wenn ich dich bitte, mich zu anderen Männern zu schicken, ist das mein Wille. Wenn du mich zwingst, ist das dein Wille.»

«Falsch», antwortete Ted. «Ich zwinge dich zu dem, was *du* willst. Und deshalb ist deine Argumentation nur eingebildetes Gezicke.»

Kurz vor zwölf klopfte Sue an die Tür zu Teds Büro. «Ja?»

Sie trat ein und hielt ihm ein gefaltetes Blatt Papier hin. Er faltete es auseinander und las, dann grinste er sie unverhohlen an, rollte seinen Stuhl zurück, legte seine Beine auf den Tisch und befahl: «Sag es laut! Ich will es hören.» Sue senkte den Kopf und sagte kleinlaut: «Ich bin bereit für Eure Freunde und ihre Wünsche, Sir.»

«Laut habe ich gesagt. Und schau mich an dabei.» Sue hob den Kopf und sagte den Satz ein zweites Mal. Ted ließ nicht locker: «Und noch einmal mit etwas mehr Überzeugung.»

«Ich bin bereit für Eure Freunde und ihre Wünsche, Sir.»

Er saß lässig da und sah sie nur an. In seinen Zügen erkannte Sue Siegesgewissheit und Amüsement. Er hatte es wirklich drauf, dass man sich geschlagen fühlte. Auch im übertragenen Sinne.

«Gut, dann erkläre ich dir jetzt, worum es geht: Micha trifft sich jede Woche mit seinen Freunden zum Poker. Dabei geht es ihnen nicht darum, viel Geld zu gewinnen, sondern um den Spaß. Die Gewinne gehen in eine gemeinsame Kasse, und alle drei Monate leisten sie sich davon eine Spezialrunde mit einer oder mehreren Frauen, mit denen sie sich hinterher den Abend versüßen. Dieses Mal bist du die einzige Frau. Ich wünsche, dass du schwarze Dessous trägst und darüber nicht allzu viel anderes.» «Was ist mit der Sicherheit?», fragte Sue.

«Ich würde dich niemals in die Hände von Männern geben, die nicht gesund sind. Ich habe aktuelle Aids-Tests von jedem einzelnen. Du kannst aber auch Kondome verlangen, wenn du willst. Sie sind auch nicht sadistisch veranlagt, sie wollen nur einen geilen Abend. Wir fahren um sieben Uhr hin, und ich hole dich wieder ab, sobald Micha bei mir durchklingelt.»

«Hör zu Blondchen, die Spielregeln für dich sind denkbar einfach, die wirst auch du kapieren.» Der Sprecher hieß Bastian. Er war nicht der Gastgeber, aber Sue hatte gleich gemerkt, dass er sich einen anderen Frauentyp gewünscht hatte, und jetzt versuchte, seinen Unwillen an ihr auszulassen. Das fing ja gut an.

«Du nimmst dir einen Stuhl, setzt dich zuerst neben Micha und bist sein Maskottchen im ersten Spiel. Wenn Micha gewinnt, rückst du im Uhrzeigersinn zum Nächsten und bist dessen Maskottchen. Wenn Micha nicht gewinnt, ist bei dir das erste Kleidungsstück fällig, bevor du zum Nächsten rückst, verstanden?»

«Ja.» Sue nahm sich den Stuhl und stellte ihn an Michas rechte Seite. Die Männer verteilten die Karten und spielten. Sue kam sich vor, als wäre sie gar nicht vorhanden, und besonders erotisch fand sie die Szenerie auch nicht. Die Männer tranken Bier, und einer nach dem anderen zündete sich eine Zigarette an. Micha konnte den Gewinn nicht einstreichen, und Sue opferte ihre Strickjacke. Dann saß sie neben Bastian. Auch er gewann die Runde nicht, und Sue nahm den Gürtel ab. «Seit wann ist ein Gürtel ein Kleidungsstück?», kommentierte Bastian genervt. Bevor Sue etwas erwidern konnte, sagte Micha: «Es gilt.» Und weiter ging das Spiel. Rolo gewann die Runde und Giovanni die nächste. Letzterer hatte ständig die Hand auf Sues Bein. In den nächsten vier Runden brachte Sue ihren Spielern kein Glück, und es fielen die Schuhe, die Bluse und der Rock. Während sich Micha, Rolo und Giovanni darüber freuten und bei ihnen die Laune sichtlich stieg, störte Bastian die Stimmung permanent mit abfälligen Bemerkungen über Sue. Immer wieder erwähnte er die vergangenen Pokertreffen, erzählte, wie toll diese gewesen waren und was für geile Frauen hier gewesen waren im Vergleich zu diesem Mal. Sue versuchte, sein Gerede zu ignorieren, und sie hatte es sich zur Aufgabe gemacht, die drei anderen bei Laune zu halten.

Das nächste Kleidungsstück war bei Micha dran. Sue stand auf, stellte ihren rechten Fuß auf Michas Bein und wickelte quälend langsam den Strumpf herunter. Als sie ihn sich von den Zehen zog, strich sie Micha damit über seine Männlichkeit und legte ihn dann wie einen

Schal um seinen Hals. Die Jungs grölten, und Bastian sagte nichts. Bei ihm war Sue als Nächstes. Nachdem auch er das Spiel verloren hatte, maulte er in gelangweiltem Ton: «Na, die gleiche Nummer noch mal?»

Sue hatte keine Lust mehr, freundlich zu ihm zu sein, und die Aussicht darauf, ihn an sich heranlassen zu müssen, kotzte sie an. Trotzdem blieb sie beherrscht. «Ja, die gleiche Nummer noch mal.» Sie stand auf, ging an ihm vorbei, stellte sich zwischen Rolo und Giovanni und zog die Nummer dort ab, indem sie Giovanni ihren Hintern vors Gesicht streckte und ihren Fuß auf Rolos Schritt hatte. Bastian erkannte nicht nur, dass er Sue unterschätzt hatte, sondern auch, dass er seinen Sympathiebonus bei ihr komplett verspielt hatte. Statt irgendetwas für sich zu retten, meinte er: «Dich könnte man mir auf den Bauch binden, da würde nichts passieren.» Sue musste sich den nächsten Schritt nicht lange überlegen. Nur noch in BH und Slip, den zweiten Strumpf in der Hand, ging sie lächelnd auf Bastian zu, stellte sich hinter ihn und nahm sanft seine Arme nach hinten. Sie ignorierte sein unsicheres «Was soll das jetzt?», und fesselte mit ihrem Strumpf in Sekundenschnelle seine Hände hinter der Stuhllehne. Als Nächstes zog sie Micha den ersten Strumpf von der Schulter, machte einen dicken Knoten in die Mitte und band ihn dem verblüfften Bastian als Knebel um den Mund. Dann nahm sie sein halbvolles Bier und schüttete es über seinen Kopf. Bastian zappelte und protestierte aufgebracht. Sue packte ihn am nassen Haarschopf, zog seinen Kopf nach hinten, kam dicht an sein Gesicht heran und sagte mit ihrer dunkelsten Stimme: «Ich habe gehört, hier gäbe es einen Puff in der Nähe. Da findest du bestimmt Frauen von deiner Kragenweite. Die nehmen dich auch, wenn du nach Bier und schlechter Laune stinkst.» Angewidert ließ sie ihn los und wischte ihre Hand an seiner Hose ab. Seine Pokerfreunde waren völlig aus dem Häuschen. Sie hatten sich seit Langem nicht so amüsiert. «Mensch Bastian, sei mir nicht böse, aber das hast du dir wirklich mal verdient», meinte Micha mit breitem Grinsen. Rolo stand auf, klopfte Bastian immer noch herzlich lachend auf die Schulter und entfernte sich in Richtung Toilette. Micha holte eine Schere, um damit Bastian zu befreien. Giovanni nutzte die Zwangspause und näherte sich Sue von hinten. Er nahm sie in den Arm, fuhr mit zwei Fingern unter ihren BH und kniff ihr in den Nippel. «Du überraschst uns, Bella. Micha hat erzählt, dass du eine Sklavin bist. Ein liebes, gefügiges Fräulein. Aber auf dich muss man ja richtig aufpassen», raunte er ihr mit italienischem Akzent ins Ohr.

Er stieß demonstrativ seinen Unterleib gegen ihren Po. «Langsam Giovanni», meinte Micha, «so weit sind wir noch nicht. Das Spiel geht gleich weiter.»

Bastian war gegangen, und die verbliebenen Männer waren ziemlich spitz auf Sue. Micha, der sie von der Ibizaparty kannte, meinte: «Sue, wir werden dich wahrscheinlich fesseln müssen, bevor wir noch einen Mitspieler verlieren.» «Genau», sagte der immer fröhliche Rolo, «das müssen wir unter*binden*.» «Ted hat dich schlecht erzogen. Jetzt müssen wir das machen», gab Giovanni seinen Kommentar dazu ab.

Es dauerte noch vier Spielrunden, bis Sue ihre letzten beiden Kleidungsstücke eingebüßt hatte. Sie war jetzt richtig glücklich mit der Situation und hätte in diesem Moment nirgendwo sonst sein wollen. Heute Abend gehörte sie diesen drei Männern, die sich auf sie freuten. Es erregte sie weit mehr, als sie gedacht hätte.

Micha nahm Sues Hand und zog sie aus dem Zimmer. «Kommt Leute, wir vernaschen jetzt unser Geschenk.»

Im Wohnzimmer setzten sie Sue auf das Sofa, links Micha, rechts Rolo und vor sich Giovanni. Micha und Rolo hielten ihre Arme fest und zogen ihr die Beine auseinander. Während Giovanni einen Finger in ihre Möse schob und genüsslich auf und abbewegte, fing Rolo an, an ihrer Brust zu saugen, und Micha küsste sie. Sue hatte das Gefühl, vor Geilheit zu zerfließen. Überall an ihrem Körper waren Hände und Münder. Wenn sie sich nicht zusammennahm, würde sie bald nur noch eine willenlose Gliederpuppe sein. Also befreite sie ihre Arme und fing an, Michas Hose aufzuknöpfen. Die anderen beiden zogen sich selbst aus, ohne lange die Hände von ihrem Körper zu nehmen. Sue griff mit einer Hand nach Michas und mit der anderen nach Rolos erigiertem Schwanz. Giovanni hatte sich vor sie gestellt und ihr sein bestes Stück in den Mund gestopft. Sie saugte leidenschaftlich daran und rutschte dabei tiefer in die Polster. Giovanni verließ ihren Mund und schickte sich an, in ihre Möse einzudringen. «Diese eiligen Italiener müssen immer die Ersten sein», kommentierte Micha, half ihm aber, indem er Sues Bein zu sich hochzog. «Los Ferrari, fick sie!», spornte er ihn an. Sue stöhnte, als er in sie eindrang. Gleichzeitig hatte Rolo sich auf dem Sofa aufgerichtet und Sues Kopf zu sich gedreht. Sue packte gierig seinen Schwanz mit ihrem Mund. Während ihre Zunge sich um seine Eichel wand, bearbeitete Micha ihre Brüste. Dann wechselten sie die Stellung. Rolo schob sich unter Sue und setzte sie auf seinen Schwanz, und Giovanni drang in ihr Arschloch ein. Micha stellte sich hinter das Sofa, packte Sue an den Haaren und schob ihr sein Gerät in den Mund. Sie bekam ihn fast nicht hinein, denn sein Teil war enorm. Micha beugte sich zu ihr hinunter. «Der wird heute auch in deinem Arsch landen, aber erst zum Schluss, wenn die anderen fertig sind.» Sue war total ausgefüllt, im wahrsten Sinne des Wortes. Sie war in einem ekstatischen Rausch, und sie tat alles, um die Männer so lange wie möglich in dieser Stellung zu halten, was sie auch schaffte. Dann ging es weiter, sie landeten auf dem weichen Teppich und rollten bei ihren wilden Aktionen quer durchs Wohnzimmer. Sie wusste irgendwann nicht mehr, wo sich gerade welcher Mann befand. An irgendeinem Punkt, als die tausendfachen Berührungen und Penetrationen sie schon fast um den Verstand gebracht hatten, saugte plötzlich ein Mund an ihrer Klitoris. Sue schrie auf in einem explosiven Orgasmus, der sie dermaßen durchschüttelte, dass alle drei Männer sie festhalten mussten. Zeitgleich kam Giovanni, der gerade in ihrem Arschloch steckte. Rolo war der Künstler mit der flinken Zunge gewesen. Er stemmte sich nun über sie und fickte sie, bis auch er kam.

«Sue, ich will dich über dem Sofa», befahl Micha dann. Giovanni und Rolo hievten Sue vom Teppich hoch und brachten sie zum Sofa, damit Micha bequem im Stehen in sie eindringen konnte. Sue dachte kurz an den Monsterdildo vom Fotoshooting. Eincremen musste sie heute keiner mehr. Die Nässe lief an ihren Beinen herunter. Aber trotz ihrer Unverkrampftheit und der Vorarbeit, die die anderen geleistet hatten, kam es ihr vor, als würde ein Dampfhammer in sie hineinrammen und sie auseinandernehmen. Als er kam, stieß er so tief, dass ihr die Luft wegblieb. So hielt er sie mehrere Sekunden, in denen sie ganz deutlich spürte, wie sein Penis pumpte. «Wow!», sagte sie nur. Völlig ermattet sanken alle vier dort nieder, wo sie sich gerade befanden. Nach zehn Minuten raffte sich Giovanni auf und schenkte allen noch einen Drink ein. «Auf einen wundervollen Abend mit Sue», meinte er.

«Auf Sue!»

Sex mit David

Nach dem Urlaub freute sich Sue auf ihr normales, «langweiliges» Leben. Sie pflegte ihre Freundschaften, hatte neue Ideen für ihren Laden und sie flirtete, ohne sich tiefer einlassen zu müssen. Auf ihre Freunde wirkte sie ausgeglichen und mit sich im Reinen. Ihr neues Motto war: Leben und leben lassen.

Dann lud ihre Freundin Caroline sie zu einer Party ein. Caroline war vor einem Monat in eine WG im zehn Kilometer entfernten Nachbarort gezogen und feierte dort ihren Einstand.

Es wurde eine gemütliche Runde aus Carolines fünf Mitbewohnern und einer Handvoll Gästen. Sie unterhielten sich, lachten und alberten bis tief in die Nacht. Sue gefiel es, und sie fand es nicht nur klasse, dass Caroline wieder in ihrer Nähe wohnte, sondern sie genoss auch die herrliche Leichtigkeit, die von den Leuten hier ausging. Nur lange durchhalten konnte sie nicht. Sie hatte den ganzen Tag im Laden gestanden und spürte kurz nach Mitternacht eine unbändige Müdigkeit.

«Hey Sue, dir fallen ja gleich die Augen zu.» Caroline rüttelte sie am Arm. «Ja, ich muss nach Hause.» «Du fährst heute nirgendwo mehr hin. Du hast zwei Gläser Wein getrunken und fit bist du auch nicht mehr. Ich habe dir doch gesagt, du kannst hier pennen. Das Zimmer von David ist frei. Das ist der Weltreisende, von dem ich erzählt habe», widersprach Caroline. «Ja, nicht nach Hause. Ins Bett ...», gähnte Sue. «Komm mit», forderte Caroline sie lachend auf.

Trotz ihrer Müdigkeit musste Sue dieses bunte und sehr eigenwillige Zimmer bewundern. Eine Wand war großflächig bemalt, an der anderen lehnten verschiedene Musikinstrumente. Die Stilelemente waren extrem unterschiedlich und trotzdem passend, wie von einem Stardesigner entworfen. Hinter dem Schreibtisch, den ein teurer Laptop zierte, waren ein paar private Fotos angepinnt.

«Ist er das?», fragte Sue. «Ja, aber ich kenne ihn kaum. Er war da, als ich mir die Wohnung das erste Mal ansah. Dann fuhr er weg und wollte erst wieder zum Ende des Monats hier sein. «Dann kommt er demnach bald wieder», rechnete Sue.

«Er hat sich für heute nicht angemeldet», lachte Caroline und wünschte ihr eine gute Nacht.

Der Mann auf dem Foto war attraktiv. Es war schon ein komisches Gefühl, sich in das Bett eines fremden Mannes, mitten in sein privates Reich zu legen, den Geruch des Zimmers und seine Ausstrahlung aufzunehmen. Sie zog sich aus, kuschelte sich wohlig in das große Bett und hing noch eine Weile diesen Gedanken nach, bevor sie einschlief.

Es war sicher schon drei Uhr, als er den Schlüssel in der Haustür umdrehte, und David war froh, dass es mit dem Heimkommen so gut geklappt hatte. Sein Flieger war in Düsseldorf gelandet, und er hatte geplant, dort noch für zwei Tage einen Freund zu besuchen, dann aber keine Lust mehr auf das Herumreisen gehabt. So war er in den Nachtzug gestiegen und nach Hause gefahren.

Alle schienen schon zu schlafen. Er stellte die Reisetasche in den Flur, ging ins Bad und dann wollte er schnell ins Bett.

Schon als er in sein Zimmer kam, bemerkte er den Geruch von Parfum und eine gewisse Wärme, die nur ein Mensch ausstrahlen kann. Vorsichtig machte er eine schwache Lampe an.

Da klemmten wunderschöne Beine seine Bettdecke ein und blondes

Haargewusel lag auf seinem Kopfkissen. Vorsichtig strich er die Haare zur Seite und betrachtete das Gesicht der Fremden.

«Lady, auch wenn du hübsch bist; ich bin müde, und das ist eigentlich mein Bett», flüsterte er und zog an der Bettdecke. Sue räkelte sich mit einem leichten Seufzer und ließ die Decke los. David war viel zu sehr auf Daheimsein und Schlafen eingestellt, um zu kapieren, was das alles sollte. Er legte sich neben Sue ins Bett, deckte sie beide zu und schloss die Augen. Doch die Nähe der Frau rührte ihn stark an. Sollte er mal fühlen? Er sah sie an. Der schwache Lichtstrahl der Lampe beleuchtete ihr völlig entspanntes und friedliches Gesicht. Auf dem Wangenbogen glänzte die Haut ein wenig von der Wärme im Zimmer. Ihre gleichmäßigen und ruhigen Atemzüge deuteten darauf hin, dass sie sich im Tiefschlaf befand. Seine eigene Müdigkeit wurde ihm sehr bewusst. Also drehte er ihr seinen Hintern zu und schlief mit schönen Gedanken ein.

Etwa drei Stunden später wachte Sue auf. Sie hatte keineswegs ausgeschlafen, aber ihr war kochend heiß, sie hatte Durst und musste auf die Toilette. Sie wälzte sich herum und stieß an etwas Lebendiges.

«HUCH!», schrie sie zutiefst erschrocken, als wäre ihr ein Geist erschienen. David lag auf dem Bauch, sie sah seinen sonnengebräunten Rücken und die Hälfte seines im Moment ziemlich zerknautschen Gesichts. Er zwinkerte verschlafen und schaute sie dann lange und äußerst müde an. «Warum schreist du so, mitten in der Nacht?», fragte er, ohne sich zu rühren.

«'Tschuldige», sagte Sue. «Ich muss mal wo hin.» Als sie über ihn drüberkletterte, streifte ihre Brust seinen Rücken. Im Bad spritzte sie sich Wasser ins Gesicht und spülte den Schlafgeschmack aus ihrem Mund. Musste der ausgerechnet heute zurückkommen?, fragte sie ihr Spiegelbild. Was passierten ihr dieses Jahr denn dauernd für komische Geschichten? Ein verrückter Typ wie Ted reichte doch eigentlich ...

Ihr war bewusst, dass sie völlig nackt war und dass sie wieder zurück in das Bett mit dem fremden Mann gehen würde. Was sollte sie auch sonst tun?

Lange Sekunden stand sie da. Dann lächelte sie ihr Spiegelbild an und sagte laut: «Sir Morley, ich bin ein böses Mädchen. Ihr werdet viele Gründe haben, mich zu bestrafen, wenn wir uns wiedersehen.»

Selbstbewusst ging sie zurück ins Zimmer.

Als sie wieder über David krabbelte, war er schon etwas wacher, auch wenn er immer noch auf dem Bauch lag. «Wie komme ich zu der Ehre?», fragte er. «Ich habe meine Freundin besucht, und es wurde gestern ein bisschen spät.» Nachdem sich die beiden etwas genauer vorgestellt hatten, fragte sie: «Ich hoffe, du hast nichts dagegen, wenn ich noch 'ne Mütze Schlaf nehme.» «Oh bitte, ich liebe es, mit einer Frau zu schlafen», sagte er mit einem charmanten Lächeln auf dem Gesicht. Sue lachte und drehte sich um.

Sie spürte seinen Blick auf ihrem Rücken. Entspann dich und schlaf oder dreh dich um und sag, dass du geil auf ihn bist, riet ihre innere Stimme. Sie schwankte unentschlossen zwischen den beiden Möglichkeiten hin und her, während ihre Erregung immer stärker wurde. Vorsichtig, wie zufällig streckte sie ihren Fuß nach hinten und strich über sein Bein. Sie hörte, wie er seine Arme aus der Decke befreite und mit ihrem Haar spielte. Dabei berührten seine Hände ihren Rücken. «Du hast schönes Haar», sagte er. Sue drehte sich um und kam ihm dadurch näher. David, den Sue auf höchstens Ende zwanzig schätzte, sah sie mit einer Mischung aus Bewunderung und Abenteuerlust an, während er vorsichtig die Decke von ihren Schultern zog, um ihren Körper sehen zu können. Sie hob langsam die Hand und folgte mit den Fingern den Vertiefungen zwischen den Muskeln an seinem Hals bis zu seiner Kehle und über die Brust. Er strich ihr zart über die Stirn, die Wangen und den Mund. Beide fanden Gefallen an diesem behutsamen Spiel und streichelten sich und lernten ihre Körper kennen. Sues Hand wanderte tiefer bis zu seinem erigierten Penis. Bevor sie ihn fest umschließen konnte, nahm David ihre Hand, zog sie zu seinem Mund und küsste ihre Finger. Dann schob er sich ihren Zeigefinger in den Mund und nuckelte daran. Sue rückte näher, schlang ihr Bein um ihn und zog ihn damit zu sich. Er rollte sie auf den Rücken und war nun über ihr. Im Dämmerlicht wirkten seine Gesichtszüge faszinierend, ja beinahe exotisch, so als hätten sich die Eindrücke und Bilder der fernen Länder, die er bereist hatte, darin manifestiert und würden von unbekannten Abenteuern sprechen. Sie nahm dieses schöne Gesicht in die Hände und zog es zu sich herunter. Sie küssten sich.

In David schien ein wildes Verlangen ausgebrochen zu sein. Er drückte Sue an sich und küsste sie gierig. Dann wanderte sein Mund zu ihrer Brust, und er begann, an ihren Nippeln zu saugen. Sue stöhnte, und Wellen der Lust schwappten über sie. Beide tauchten ein in ein virtuoses Liebesspiel, das sie in vielen Stellungen bis zur Erschöpfung auskosteten.

Erschöpft lagen sie schließlich nebeneinander, ihr Atem wurde wieder ruhiger. Eine herrliche Schläfrigkeit stellte sich bei beiden ein.

«Schlafen wir noch eine Runde miteinander?», fragte Sue. «Okay, und danach vögeln wir noch 'ne Runde.» «Ich freu mich drauf», meinte Sue.

Geständnisse

In den folgenden Tagen meldete sich David immer wieder. Er konnte gar nicht genug bekommen von ihr. Er brachte ihr Blumen, lud sie zum Essen ein und wollte jeden Tag Sex mit ihr. Anfangs war Sue wirklich ein bisschen verknallt in den süßen Abenteurer mit dem schönen Körper. Schließlich las er ihr alle Wünsche von den Augen ab und tat schier alles, um sie für sich zu gewinnen. Und es war diese wunderbare Leichtigkeit, die sie mit ihm haben konnte, dieses unbeschwerte, leichtsinnige Leben, das sie nicht anstrengte und nicht forderte.

Aber da lag auch das Problem. Es fehlte ihr der Widerstand. Sie hatte das Gefühl, sie müsste alles entscheiden, und er würde immer das machen, was sie wollte, oder das, wovon er annahm, dass sie es wollte.

Schon nach knapp zwei Wochen machte sie ihm in einem Gespräch klar, dass es nichts mit ihnen beiden werden könne. David verstand es nicht.

«Sieh mal, David», versuchte Sue zu erklären, «du bist doch Musiker.»

«Ja, schon ...», hob er an, aber Sue unterbrach ihn: «Und eines meiner liebsten Hobbys ist zu tanzen. So hätte ich es auch gerne in der Beziehung: Der Mann ist der Musiker, und ich bin die Tänzerin.»

David sah sie irritiert an. Sie fuhr fort: «Stell es dir so vor: Die Musik ist der Motor, sie ist die treibende Kraft, sie fließt durch mich hindurch und leitet mich. Sicher, ich kann auch die Urheberin sein, die andere nach ihrer Musik tanzen lässt, aber das fiel mir schon immer schwer. Es ist, als stünde ich auf der falschen Seite, als hätte ich mir die Realität falsch herum aufgestülpt. Alles kommt erst dann ins Lot, wenn ich mich den treibenden Kräften unterwerfen und mit ihnen fließen kann. Ich stehe dazu. Am deutlichsten spüre ich das beim Sex. Mit mir kann es sein, dass du eine zarte Fee im Bett hast oder eine Hure. Es ist möglich, dass ich dir kaum spürbar zärtliche Ornamente auf die Haut streichle oder dir den Rücken zerkratze. Und es ist möglich, dass ich dich so anfasse und mich so bewege, dass du das Gefühl bekommst, du würdest einem magischen Ritual unterliegen. Aber dennoch bin ich die Tänzerin, und du der Musiker. Wenn du von mir erwartest oder gar verlangst, dass ich diejenige sein soll, die dir aufspielt, dann funktioniert nichts. Das enttäuscht dich und mich.»

Nach einer langen Pause sagte David geknickt: «Ihr Frauen seid schon wirklich sehr komplizierte Wesen. Aber ich habe verstanden, dass du etwas anderes suchst, als ich dir geben kann.» Schelmisch fügte er hinzu: «Kannst dich ja trotzdem bei mir melden, wenn du mal wieder Lust auf Sex mit mir hast.»

Sue lächelte ihn an. «Okay, das ist ein Angebot.»

Nachdem sie sich von David verabschiedet hatte, fand sie keine Ruhe mehr. Sie wollte unbedingt mit Ted reden. Es gab nur einen, der ihre Welt wieder gerade rücken konnte, und das war er. Aber erst am nächsten Morgen erreichte sie ihn.

«Hallo Ted, ich hoffe, ich störe dich nicht. Ich habe das dringende Bedürfnis, dir etwas zu erzählen.» Dann schilderte sie die Kurzfassung ihrer Liaison mit David.

Als sie geendet hatte, fragte er: «Und, was willst du mir damit sagen?» Sue stockte. «... ich, ich verstehe deine Frage nicht.» «Willst du mir damit sagen, du hättest in der Zeit, die wir uns kennen, nie mit einem anderen Mann gefickt, und bist deshalb durcheinander? Dann kann ich dir helfen. Es ist natürlich auch möglich, dass du dich verliebt hast, und deshalb deine Besuche bei mir einstellen möchtest. Dann bliebe mir nichts anderes übrig, als dir in Gedanken kräftig den Hintern zu versohlen.»

Sue schloss die Augen und seufzte tief. Bei seinen Worten flossen prickelnde Schauer über ihre Haut. Es tat so gut. Das war die Sprache, die mit ihrem Körper in Resonanz ging.

«Nein, ich habe mich nicht verliebt. Ich habe eher das Bedürfnis, für alles zu büßen, Sir Morley.»

«Na, dann setz dich ins Auto und komm her. Aber ich warne dich. Für eine solche Missetat reicht eine normale Buße nicht aus.»

In Windeseile hatte sie eine Vertretung für den Laden organisiert, hatte gepackt und getankt und war losgefahren. Vorwärts getrieben wie eine Süchtige mit Aussicht auf guten Stoff bretterte sie über die Autobahn und stoppte erst auf dem Kiesbett der Einfahrt zum Haus Morley.

«Es scheint ja wirklich zu brennen bei dir», begrüßte sie Ted mit einem Blick auf die Uhr.

«Ich bereite gerade den Lunch vor, komm mit, du wirst es brauchen.»

Nach dem Essen sagte Ted: «Ich wünsche, dass du dich für den Nachtisch umziehst. Die Kleidungsstücke liegen auf einem Stuhl im Gästezimmer. Aber bitte nur die Corsage und die Schuhe. Strumpfhalter und Strümpfe brauchst du erst morgen.»

Dreimal Bestrafung

Lektion 1

Mit klopfendem Herzen betrat Sue das Wohnzimmer. Die Corsage lag eng um ihre Taille, und die roten Schuhe aus Lack hatten die höchsten Absätze, die sie je getragen hatte.

Sie sah, dass auch Ted sich umgezogen hatte: schwarzes Hemd, schwarze Hose, schwarze Stiefel. Er saß in seinem Sessel, die Beine lässig überschlagen, die Hände auf den Lehnen und den Kopf entspannt zurückgelehnt sah er sie mit abschätzenden Augen an. Quer über seinen Beinen lag eine Reitgerte.

«Hier bin ich, Sir Morley, wie Ihr befohlen habt», sagte Sue vorsichtig. Mit einer Kopfbewegung deutete er auf den Tisch. «Dein Nachtisch», sagte er. Dort stand eine Silberschale, auf der etwas Tortenrundes durch ein Geschirrtuch verdeckt war. Sue trat an den Tisch und entfernte vorsichtig das Tuch. Darunter kam ein makellos aufgerolltes, pechschwarzes Seil zum Vorschein. Es erinnerte stark an eine überdimensionale Lakritzschnecke. Er erhob sich mit der Gerte in der Hand, ging an Sue vorbei und befahl ihr: «Vergiss den Nachtisch nicht.»

Mit der Silberschale in den Händen folgte sie ihm hinaus in den Flur, die Treppe hinunter, ins ... Verlies! Sues Herz pochte noch stärker in ihrer Brust, denn viele Erinnerungen stiegen in ihr hoch, als sie den düsteren Raum betrat. Ted nahm ihr die Schale ab und manövrierte sie auf eine schwarze, sehr martialisch anmutende Bank, die mit Eisenringen und Lederschnallen versehen war und aussah wie eine Mischung aus Gynäkologenstuhl und Folterbank. Er schnallte ihr die Beine auf die dafür vorgesehenen Schalen und spannte sie so weit nach außen, wie es ihre Sehnen zuließen. Er packte Sues Hände, mit denen sie ihre exponierte Möse bedeckte, und fesselte sie auf der Rückseite der Lehne, damit sie sich nicht mehr von der Bank erheben konnte. Dann stopfte er ihr noch einen fetten, schwarzen Gummiknebel in den Mund. Das schwarze Seil fädelte er durch Ösen auf beiden Seiten der Bank und band es im Zickzack über Sues Hals, Brust und Taille. Er zog es so fest, dass ihr beinahe die Luft wegblieb.

Er nahm die Gerte in die Hand und strich damit über ihren linken Innenschenkel.

«Du hast also mit einem anderen Mann geschlafen?», fragte er sanft. Die Reitgerte wanderte hoch zu ihrer Möse und verweilte dort. «Du hast es mir gebeichtet. Das war auch richtig so.» Die Gerte wanderte zu ihrem rechten Schenkel.

Er sprach weiter: «Du weißt aber auch, dass du deiner gerechten Strafe nicht entgehen kannst.» Er senkte die Gerte und prüfte die Fesseln. Sue spürte ihre gespreizten Beine und ihre Unfähigkeit, dies zu ändern. Ihre Muschi pochte heiß im Takt mit ihrem aufgeregten Herzen. Ihr Atem ging schnell und stoßweise. Was hatte er vor? So einen kalten und unbeteiligten Gesichtsausdruck hatte sie an ihm noch nie gesehen.

Er stand zwischen ihren Beinen, sah sie an und spannte die Gerte demonstrativ zu einem Bogen. Er sah sie nur an.

Dann, mit einer blitzschnellen Bewegung zischte die Gerte über ihren rechten Innenschenkel. Sue blieb die Luft weg. Wie eine dünne, glühend heiße Schlange schoss der Schmerz durch ihre in dieser Region so zarte und empfindliche Haut. Wieder stand er nur da mit der gespannten Gerte. Nun wusste Sue, wie sich ihre Bestrafung heute anfühlen würde, was absolut nicht dazu beitrug, ihr die Angst vor dem, was noch kommen sollte, zu nehmen. Im Gegenteil.

Wieder eine blitzschnelle Bewegung und die Gerte biss in ihren linken Schenkel. Sie schrie hinter dem Knebel, doch noch bevor sie den Schmerz verarbeiten konnte, pfiff hart und erbarmungslos der nächste Schlag und der nächste.

Immer tiefer schien der Schmerz in ihre Beine zu kriechen, immer vielfältiger legte er sich übereinander und war für sie kaum noch zu ertragen. Sie rüttelte an ihren Fesseln, stöhnte und bäumte sich auf, aber es nutzte nichts. Sobald sie wieder ruhiger war, prasselten die nächsten Schläge scharf auf ihre sensible Haut ein.

Ohne Beherrschung warf sie wimmernd den Kopf hin und her. Immer noch stand Ted wie ein schwarzer Racheengel vor ihr und blickte vernichtend zu ihr herunter. Sue zitterte am ganzen Körper. Wie konnte er so etwas tun?

«Es ist ein Jammer mit dir», tadelte Sir Morley sie ungerührt. «Du schläfst mit fremden Männern, aber bedenkst die Strafe nicht, die das nach sich zieht ...» Noch härter klatschte die Gerte gegen ihre Schenkel, «... und möchtest gleichzeitig, dass ich Milde walten lasse!»

Und gleich noch einmal. Sue kämpfte mit kurzen Atemstößen gegen den Schmerz. Sanft und fast bedauernd sagte er: «Bei Frauen, die so ungezogen sind, kann ich das nicht. Das weißt du genau. Also, zeig ein bisschen Würde und nimm deine Strafe leise hin. So, wie es sich gehört.» Er holte aus. Sue schloss die Augen und biss fest auf den Knebel, während die Schläge weiter auf ihre Schenkel knallten.

Lektion 2

Endlich ließ er von ihr ab, löste ihre Fesseln und den Knebel. Sue schaute zu ihren Beinen hinunter. Ihre Innenschenkel waren übersät mit leuchtend roten Striemen. Ted hob ihr Kinn und sah ihr fest in die Augen. «Sprich mir dreimal nach: Ich soll meine Schenkel keinem fremden Herrn öffnen!» Sue holte tief Luft und sammelte sich. «Ich soll meine Schenkel keinem fremden Herrn öffnen», sagte sie dreimal und wollte den Kopf wieder senken. Er hob ihn wieder an. «Das war die erste von drei Lektionen. Für die zweite sprichst du nun folgenden Satz: Ich soll meine Fotze nicht auf die falschen Gleise schicken!» «I... ich soll meine Fotze nicht auf die falschen Gleise schicken.» Auch diesen Satz wiederholte Sue dreimal und ahnte Böses.

Aus einer dunklen Ecke zog Ted einen Holzbock. So ein Teil, wie es Sues Vater früher zum Aufbauen eines Tapeziertisches verwendet hatte. Dieser Bock hier hatte eine scharfe, nach oben zeigende Kante am Längsbalken und war auf eine Holzplatte geschraubt.

Sue musste sich über den Bock stellen. Dann verschnürte er zuerst ihre Arme hoch auf dem Rücken, zwang sie dann so tief über die scharfe Kante, dass sie beinahe darauf saß, und fesselte sie in dieser

Haltung an den Bock. Die Knie halb eingeknickt, unfähig sich gerade hinzustellen, hatte sie nur zwei Möglichkeiten: Sich entweder mit ihrer weit geöffneten, nassen und vor Erregung gereizten Möse auf die raue, scharfe Holzkante zu setzen, was garantiert nicht auszuhalten war, oder in dieser Haltung zu verharren. Nachdem er sein bösartiges Werk fertiggestellt hatte, drehte sich Ted um, löschte das Licht, verschloss die Tür von außen und ging die Treppe hoch.

Absolute Stille und totale Finsternis umfing Sue. Sie erinnerte sich an das Fotoshooting. Damals war Ted bei ihr im Verlies geblieben. Diesmal nicht! Damals war es wirklich ein Spiel gewesen gegenüber dem, was heute hier mit ihr geschah. Sie hatte Kraft in den Beinen, aber wie lange? Vorsichtig ließ sie sich auf die Kante nieder. Diese grub sich hart zwischen ihre Beine. Sehr hart. Sie erhob sich wieder, so weit sie es konnte.

«Tief atmen, dann geht es besser», sagte sie sich und kämpfte tapfer weiter.

Waren es zwanzig Minuten oder schon eine Stunde? Sue war am Ende ihrer Kräfte. Ihre Beine zitterten, ihre Spalte schmerzte, sie hielt es in dieser halben Hocke nicht mehr aus.

«Lass mich hier raus!», schrie sie. «Lass mich sofort raus!» Sie wartete, aber nichts rührte sich.

«Lass mich sofort raus, ich kann nicht mehr. Ich habe genug gebüßt, Sir Morley. Bitte, erlöst mich.» Wieder lauschte sie und wartete. Ihre Beine schmerzten höllisch.

«He, hallo, ist da jemand?» Gerade wollte die pure Verzweiflung ihr den Rücken hochkriechen, als sich endlich der Schlüssel im Schloss drehte und das Licht anging. Sue blinzelte zu Ted. «Sir Morley, ich bin Euch dankbar für Eure Lektionen. Ich habe gebüßt und gelobe Besserung», sagte sie leise und mit zitternder Stimme.

Er konnte sich ein leichtes Lächeln nicht verkneifen bei den Worten, die Sue gewählt hatte. Nachdem er sie vom Bock gelöst hatte, sank sie zu Boden. Ihre Beine hatten ihr den Dienst versagt. Also hob Ted sie in seine Arme und trug sie aus dem Verlies.

Lektion 3

Am nächsten Morgen besah sich Sue ihre Beine. Sie fühlten sich seltsam dick an, obwohl sie das nicht waren. Die Striemen an ihren Innenschenkeln allerdings leuchteten immer noch rot, obwohl sie Teds Wundersalbe draufgetan hatte. Nach einem ausgedehnten Frühstück auf der Terrasse erklärte Ted: «Deine Bestrafung ist noch nicht zu Ende. Heute ist die dritte Lektion dran, und die lautet: Dein Herr alleine bestimmt, wen du in dich hinein lässt. Und heute werden das zwei Freunde von mir sein. Wir machen einen hübschen Landausflug und werden die beiden besuchen. Und du wirst für all das zur Verfügung stehen, was sie wollen.» «Kenne ich die Männer?» «Nein.» Sue wurde es mulmig. Schon wieder fremde Männer.

«Könntet Ihr mir bitte eine andere Strafe geben? Mir ist nicht sehr wohl ...»

«Die Strafe steht fest. Aber keine Sorge. Ich möchte dich nach diesem Tag für lange Zeit nicht mehr auf dem Schaft eines anderen Mannes sehen, und ich werde mich mit Garantie an dieses Versprechen halten.»

Sue war erleichtert. «Danke Sir. Muss ich bei den Herren irgendwas bedenken, zum Beispiel Vorlieben oder Abneigungen?» «Die zwei lieben es, wenn du dich wehrst. Dabei kannst du alle Register ziehen. Die rote Korsage sollte dich in deiner Kampfkraft unterstützen. Ansonsten sei einfach du selbst.»

Es war ein herrlicher Spätsommertag, die Luft roch süß, und warmes, goldenes Licht tauchte die Landschaft in eine romantische Stimmung. Sue ließ sich einfangen vom märchenhaften Zauber dieser Gegend und die düstere Sorge um den weiteren Verlauf des Tages wich einer nervösen Vorfreude. Nachdem sie drei Stunden gemütlich durch die Natur gewandert waren, tauchte vor ihnen ein einsamer Bauernhof auf. Dort angekommen schickte Ted Sue in die Scheune.

«Du hast zwanzig Minuten Zeit zum Umziehen und suchst dir ein attraktives Plätzchen, an dem du dich gut präsentieren kannst.» Als er Sues Gesicht sah, fügte er hinzu: «Für Freude gibt es keinen Anlass. Vergiss nicht, dass es Teil deiner Bestrafung ist.» Er schloss die Tür hinter ihr.

In der Scheune roch es nach Heu und Getreide. Als sich ihre Augen an das Dämmerlicht gewöhnt hatten, erkannte sie neben den verschiedensten Gerätschaften auf der linken Seite zwanzig gefüllte Getreidesäcke und mehrere Strohballen. Dort zog sie sich um und legte vier von den Säcken so hin, dass sie sich malerisch darauf drapieren konnte. Ihr war bewusst, dass sie in ihrer roten Korsage einen ziemlich scharfen Kontrast zu diesem Ambiente abgab. Sie sah an sich herunter und strich über die spitzendurchwirkten Strümpfe, die ihre Striemen gut verdeckten. Sie war stolz auf sie, auch wenn man sie gerade nicht sehen konnte. Es waren ihre Trophäen.

Die Strapse auf ihrer leicht gebräunten Haut sahen unglaublich sexy aus, und die enge Korsage hielt ihre Körpermitte fest im Griff. All das zusammen machte sie total heiß. Dann hörte sie Schritte.

Die Tür wurde geöffnet und eine schwache Glühbirne leuchtete auf. Da standen zwei große, finstere Typen und starrten sie an. Es waren wohl Brüder. Kräftig, braungebrannt und beide über eins neunzig groß. Als sie Sue musterten, flackerte ein Leuchten in ihren Augen.

«Schau, da will sich jemand einnisten in unserem schönen Schuppen», sagte der jüngere wie auswendig gelernt. «Gott sei Dank, dass Papa mit der ganzen Sippschaft weggefahren ist. Der hätte das zarte Pflänzchen im hohen Bogen rausgeschmissen.» Er grinste frech. Der Ältere meinte: «Ja, das hätte er. Wir tun das nicht, aber ...» Er sah seinen Bruder an, und nun grinsten beide. «... aber Strafe muss sein», vollendeten sie den Satz im Chor. Sue sah die beiden auf sich zukommen.

«Schließlich kann nicht jeder ungestraft in unseren Schuppen eindringen», sagte der Ältere. Sue fühlte sich wie eine Katze, die von knurrenden Hunden eingekesselt wurde.

Der Ältere packte sie am Arm, als wollte er verhindern, dass sie weglief, und Sue fing an, zu kratzen und zu beißen. Sie wand und drehte sich und landete auch mehrere Tritte. Es schien den beiden höllischen Spaß zu machen. Zwischendurch ließen sie los, und wenn Sue weglaufen wollte, griffen sie wieder nach ihr. Die Männer erlaubten ihr, sich zu wehren, ja sie forderten sie regelrecht dazu auf, doch gegen die Kraft der zwei kam sie natürlich nicht an, und deshalb fühlte sie sich jetzt mehr wie eine Maus in den Fängen zweier großer Kater, die mit ihr spielten. Es war außerordentlich kräftezehrend, aber es erregte Sue auch immens. Nach zehn Minuten Kampf lehnte sie sich schwer atmend gegen den Jüngeren, der ihr gerade die Hände auf den Rücken gedreht hatte. «Jetzt werden wir der kleinen Kratzbürste erst einmal die Hände festbinden», sagte er und sein Bruder kam mit einem Lederriemen und fesselte Sue.

Danach zogen sie ihr den Slip aus und legten ihre Brüste frei. Die großen und kräftigen Bauernhände gaben einen besonderen Kontrast zu ihrer zarten Haut ab. Die Kerle waren auch nicht zimperlich bei ihren Berührungen. Dann schwebte Sue einen Moment in der Luft, weil die Männer sie zu einem der Getreidesäcke trugen und bäuchlings darüber warfen. Sie schoben sie so zurecht, dass sie vornüber tief zwischen die Säcke rutschte und ihr Hintern auf dem höchsten Punkt des Sackes war. Die Beine des Älteren an ihre gedrückt, seine Hand auf ihrem Hintern fragte er seinen Bruder: «Was meinst du, sollen wir sie mit einem Stock versohlen?» «Ach nein», meinte dieser, «ich bin für die gute alte Handarbeit. Das fühlt sich am besten an.» «Okay, fünf Schläge du und fünf ich. Ich mach den Anfang, stell du dich an ihren Rücken, damit sie unten bleibt.» Sue war beinahe erleichtert, dass sie nicht zu irgendwelchen Hilfsmitteln griffen. Zehn Schläge mit der Hand waren ja erträglich. Der Jüngere schnappte sich Sues Mähne und zog ihren Kopf leicht hoch. Dann klemmte er ihn fest zwischen seine Beine und stemmte seinen Körper gegen ihren Rücken.

Dann bekam Sue zu spüren, dass Hilfsmittel bei der Handschrift der Bauern nicht nötig waren. Schon der erste Schlag hüllte ihre gesamte rechte Arschbacke in Schmerz. «Na, du kleines Biest, damit hast du nicht gerechnet.» Die linke Arschbacke war dran. «Genieß es, das war erst der zweite.» Und so machte er weiter. Mit jedem Schlag wurde der Schmerz heftiger, und Sue zappelte und schrie: «Was erlaubt ihr dreckigen Schweine euch. Hört sofort auf damit!»

Dann war der Jüngere dran. Sue hoffte, dass der nicht so kräftige Hände hatte, aber schon beim ersten Schlag wusste sie, dass er seinem Bruder in nichts nachstand. Und wieder klatschte eine breite, harte Hand auf ihren Hintern und machte sie gefügig und aufmüpfig zugleich. Und geil!

Als er fertig war, hörte sie, wie der Jüngere sich die Hose runterzog. «Ich werde sie jetzt ficken, halt sie gut fest», sagte er zum Älteren. Raue Finger zogen ihre Schamlippen auseinander, und dann spürte sie, wie er seinen Schwanz in sie stemmte und zu stoßen anfing. Sue stöhnte unter seinen unbarmherzigen Stößen, die in sehr schnellem Takt kamen. Als er fertig war und die beiden noch einmal die Stellung tauschten, nahm Sue die Gelegenheit wahr und biss dem Ältern herzhaft ins Bein. Er schrie auf und kaum war er hinter Sue, da rammte er seinen Schwanz noch heftiger in sie hinein als sein Bruder. Er streichelte über ihren brennenden Hintern und meinte: «Dir hat die Strafe wohl noch nicht gereicht.» Und während er sie aggressiv fickte, klatschte seine Hand noch einmal auf sie drauf. Es hatte etwas von einer Urgewalt: Archaische Männlichkeit traf auf zartscharfe Erotik und wurde zu einem berauschenden Mix, der ihr schnell zu Kopf stieg. Dementsprechend war das Durchhaltevermögen des Bauern auch zeitlich begrenzt, was Sue fast bedauerte.

Nachdem sie sich angezogen hatten, verschwanden die beiden recht schnell, und Sue war wieder alleine. Sie war so erregt, dass sie sofort ihre Finger zu ihrer Klitoris führte und anfing, sie zu streicheln. Aber schon eine Minute später kam Ted mit ihrem Sommerkleid. Als er sie erblickte, tat er so, als wollte er sich gerade wieder umdrehen.

«Ich fasse es nicht», sagte er sichtlich amüsiert, «da macht man sich schon fast Sorgen um die Lady, und sie liegt da und befriedigt sich. Nimm sofort deine Finger von dir, du geiles Stück. Das muss warten, bis wir zu Hause sind.» Dann hielt er Sue die Hand hin, um ihr hochzuhelfen.

Halloween

Bitte verkleidet

Wie so oft brauchte Sue mehrere Tage, um wieder in ihren Alltag hineinzukommen. Genau so lange, wie die Eindrücke in ihr nachwirkten, konnte sie auch die Striemen an ihren Beinen sehen. Was sie daran zusätzlich ablesen konnte, war eine Art von Gewöhnung an den körperlichen Schmerz. Am Anfang hatte sie da wesentlich sensibler reagiert, und Ted war auch weit vorsichtiger mit ihr umgegangen. Diese Tatsache beruhigte Sue, denn es bestätigte sie in dem Gefühl, dass er schon sehr genau wusste, was er tat.

Zwei Wochen später, der Sommer neigte sich dem Ende zu, fand sie einen Brief aus der Rhön in ihrem Briefkasten. Es war die Einladung zu einer Halloween-Party. Eine Party mit Ted und seinen Szeneleuten. Schon wieder, dachte Sue und überlegte einen ganzen Tag, ob sie das wirklich machen wollte. Natürlich siegten Neugierde und Abenteuerlust, und sie sagte zu.

Sie kam im Haus Morley an, als dort noch die Vorbereitungen auf Hochtouren liefen. Nach einer herzlichen Begrüßung machte sie sich erst einmal nützlich und half, wo sie konnte, bevor sie sich um ihr Kostüm kümmerte.

Es wurde erwartet, dass man als Verkleidung entweder einen Halloween-Klassiker – Mystisches oder Gruseliges – oder Geschlechtertausch wählte. Weil Ted sie immer seine Elfe nannte, verkleidete sie sich als männlicher Waldelf. Sie klebte sich eine Himmelfahrtsnase und Elfenohren an und schnallte sich Elfenflügel auf den Rücken. Sie hatte einer alten, weißen Bluse den Kragen abgetrennt, die Ärmel ausgefranst und eine Öffnung für die Flügel geschnitten. Sie zog gut sitzende grüne Strumpfhosen an und darunter weiche Lederstiefel mit hochgebogenen Spitzen, die sie an Pfingsten auf dem Mittelaltermarkt erstanden hatte. Aus Lederresten hatte sie sich ein bis zu den Beinen reichendes Oberteil mit nur einem Träger genäht, das erst mit einem urigen Gürtel zu einer Art Lendenschurz wurde und mit dem Rest des Kostüms zu einem gelungenen Bild verschmolz. Die meiste Zeit nahm ihr langes Haar in Anspruch, das sie mit viel Mühe unter eine grüne, spitze Mütze stopfte. Sie hoffte, dass keiner auf die Idee kam, ihr die Mütze vom Kopf zu ziehen. Damit der Waldelf noch mehr Glaubwürdigkeit bekam, verrieb sie etwas grüne Farbe auf Arme, Hals und Gesicht, damit es so aussah, als sei sie auf Gras oder Moos herumgerutscht.

Ted kam herein, natürlich als Graf Dracula verkleidet. «Ah, ein frecher, kleiner Kobold.»

«Nein, ein Waldelf.» «Egal, man sieht trotzdem, dass du eine Frau bist.»

Die Gäste hatten ausnahmslos aufsehenerregende Kostüme an. Es gab Hexen, Vampire, Zombies, die ganze Rocky-Horror-Besetzung, Filmbösewichte und -Monster. Sue war etwas befangen. Sie kannte so gut wie niemanden hier, vor allem nicht unter den Masken. Mutig mischte sie sich unter die Leute. Aber die Männer sprangen hier nicht auf sie an, weil sie in ihrem Kostüm nicht sehr weiblich aussah. Nur ein paar der dominanten Damen nahmen Notiz von ihr und lobten sie für die gelungene Verkleidung. Sue hatte schon viele Feste erlebt und wusste, dass letztendlich ihre eigene Laune und Einstellung mit dazu beitrug, ob es schön wurde oder nicht. Also wollte sie erst einmal für ihr leibliches Wohl sorgen.

Es gab drei Buffets. Zwei davon waren nackte, mit leckeren Sachen geschmückte Ladys, und das dritte war ziemlich schaurig. Mit Frikadellen, die wie Schrumpfköpfe mit Augen und Zähnen aussahen, hart gekochte Eier, die mit Hilfe von Lebensmittelfarben wie große Augäpfel wirkten und abgeschnittene Finger aus Marzipan. Sue testete gerade einen Schrumpfkopf, als ein junger Mann, der aussah wie Ben Hur als Galeerensklave, ihr einen Kübel hinhielt. «Sir Morley schickt mich. Er wünscht, dass du dir auch eines aussuchst.» Sue wusste nicht, was das bedeutete, aber sie fischte sich eines der Amulette, die darin waren, heraus und hängte es sich um den Hals.

Nach etwa einer Stunde wurde ein Spiel angekündigt. Vor der Waffenwand im Wohnzimmer gab es eine Bühne, auf der ein Sprecher den Inhalt eines Pergaments verlas: «Dreizehn der anwesenden Personen sind Herrscher.» Geheimnisvoll theatralisch schaute der Sprecher über die Leute. Dann redete er weiter: «Das Volk hat Sünde getan und zwingt damit die Herrscher zum Handeln. So hat jeder Herrscher eine Strafe erdacht, die er an einem aus dem Volke verüben wird. Das Schicksal hat auch hier schon bestimmt, wer es sein soll, nur weiß weder ein Herrscher, wer sein Büßer ist, noch weiß der Büßer, wer ihn bestraft. Jeder aus dem Volke, der ein Amulett trägt, soll sich bitte hier vor der Bühne einfinden.»

In Sue schlug der Blitz ein. Sie hatte sich noch gar keine Gedanken um den Sinn des Anhängers gemacht, jetzt aber wurde es ihr schlagartig klar. «Ihr seid die Büßer. Nun teilt das Amulett in zwei Teile», erklärte der Sprecher. Sue zog die zwei zusammenklebenden Teile auseinander und las die Zahl acht. «Die Nummer, die erscheint, teilt euch eurem Herrscher zu. Doch nicht die Zahl, sondern der Zufall bestimmt die Reihenfolge.» Er griff in einen Korb mit gefalteten Zetteln, öffnete den ersten und rief: «Die Nummer zwölf!» Ein als Frau verkleideter Mann trat auf die Bühne und eine böse aussehende Hexe mit einem Holzpranger. Da hinein kam der verkleidete Mann, wurde von der Bühne geführt und musste darin eine halbe Stunde ausharren. Der nächste wurde, ebenfalls eine halbe Stunde lang, von einer hübscheren Hexe in ein Pferd mit Trense verwandelt. So wurde ein Herrscher-Büßerpaar nach dem anderen zusammengeführt. Der siebte Herrscher war Ted. Sein Büßer, auch hier ein Mann in Frauenkleidung, sollte sich fühlen wie eine Fledermaus und dazu sollte er an den Füßen gefesselt aus dem ersten Stock gehängt werden. Es gab ein wildes Gejohle, und der Mann in Frauenkleidung fiel vor Ted auf die Knie und küsste ihm die Füße. Man konnte unschwer erkennen, dass der Mann sich freute, so als habe er an diesem Abend das große Los gezogen.

Fast die gesamte Gästeschar folgte den beiden nach oben in den Flur, der zur Hausfront hin eine Tür hatte, vor der ein Gitter wie ein Minibalkon angebracht war. Darüber ragte ein eineinhalb Meter langer Eisenträger aus dem Gemäuer, an dem sich ein Flaschenzug befand. Ted fesselte seinem Büßer die Arme überkreuzt vor der Brust, zwang ihn dann, sich hinzusetzen, damit er ihm die Manschetten an den Füßen anbringen konnte. Sue kannte solche Fußmanschetten aus dem Fitness-Studio. Dann wurde der Mann mit einer elektrischen Winde hochgezogen. Während Ted den Flaschenzug mittels Ketten an den vorderen Rand des Eisenträgers zog, hob ein Helfer den Gefangenen über das Balkongitter. Nun hing der Büßer mit dem Kopf nach unten in fünf Metern Höhe und gab Schreie von sich, die Freude und Aufregung gleichermaßen widerspiegelten. Eine Minute durfte er sein Fledermausdasein genießen, dann wurde er zurückgeholt. Sue hatte die Szene mit Schaudern beobachtet. Hätte sie die Nummer gezogen, hätte sie jetzt da hängen müssen. Sie kannte Ted, er hätte keinen Widerspruch geduldet. Mit ihrer Höhenangst wäre sie da draußen gestorben ...

Das Spiel ging weiter. Der neunte Herrscher war Kurt. Er peitschte sein Opfer vor dem Andreaskreuz aus. Was sonst? Sue fiel auf, dass es zwar viele Herrscherinnen, aber weniger weibliche als männliche Büßer gab. Mit ihr waren nur fünf Frauen darunter. «Die Nummer acht», rief der Sprecher. Sue erschrak. Aufgeregt ging sie die Stufen zur Bühne hoch. Was würde für sie anstehen? Eine als schöner männlicher Vampir verkleidete Frau war ihr Herrscher. Es war eine der Damen, die sie für ihr Kostüm gelobt hatten. Sie zwinkerte Sue zu und verlas die Strafe: «Die vor mir befindliche Person wird dazu verurteilt, sich komplett nackt auszuziehen, auf dass sie sich über meine Knie zu legen habe, damit ich ihr den Hintern fünfmal mit der flachen Hand versohlen kann.»

Sue lächelte. Soeben war ihr ein Stein vom Herzen gefallen, denn im Ausziehen hatte sie Übung. «Jetzt zeige ich ihnen mal einen Strip», dachte sie und fing gleich mit den Stiefeln an. Sie zog den ersten aus und hielt ihn demonstrativ hoch, bevor sie ihn fallen ließ. Sie hatte zwar Herzklopfen, schwor sich aber, es so durchzuziehen, wie sie es gut fand, egal wie die Leute reagierten, und entledigte sich des zweiten Stiefels. Doch die Leute machten mit und feuerten sie an. Endlich verflog ihr Lampenfieber und sie spielte überzeugend den jungenhaften Elf. Breitbeinig stellte sie sich hin und zeigte auf ihren Gürtel. Dann öffnete sie ihn, hielt ihn mit beiden Händen hoch und warf ihn in die Zuschauer. Die johlten und schrien: «Weiter, weiter!» Als Nächstes schubste sie spielerisch das Lederteil von der Schulter. Als dieses am Boden lag, drehte sie sich mit elegantem Schwung ins Profil, holte mit dem rechten Arm zu einem großen Bogen aus und landete mit dem Zeigefinger auf ihrer Himmelfahrtsnase. Alle Leute schauten? Gut! Ein Ruck und sie hatte die Nase in der Hand. Die Zuschauer lachten. Nun knöpfte sie sich die Bluse auf, hielt sie aber verschämt zu und drehte sich um. Sie ließ Bluse und Elfenflügel von den Schultern rutschen und drehte sich mit beiden Händen auf den Brüsten wieder um. Die Leute schrien, sie solle sich nicht so zieren. Sue war berauscht von der Situation. Wie oft hatte sie sich vorgestellt, einmal vor so vielen Leuten strippen zu können. Sie wartete noch ein paar spannende Sekunden und öffnete dann lasziv die Hände. Die Leute johlten. Sie drehte sich erneut mit dem Rücken zum Publikum, um nun sehr weiblich und sexy die Strumpfhose und den Tanga herunterzuziehen. Die Leute waren aufgeheizt und ausgelassen und spendeten ihr stürmisch Beifall. Sie trat vor ihre Herrscherin im Männerkostüm. Die deutete auf die Mütze. Sue dachte kurz an die Arbeit, die sie mit den Haaren gehabt hatte, und schüttelte den Kopf. Bedrohlich klatschte ihre Herrscherin mit der flachen Hand auf die Sitzlehne. Schnell zog Sue die Mütze vom Kopf, und ihre blonde Mähne ergoss sich über Schultern und Rücken. Pfiffe und Johlen waren zu hören. Dann kniete sie sich brav mit dem Po zum Publikum vor ihre Herrscherin, legte sich über ihre Beine und holte sich ihre fünf Schläge ab, die die Zuschauer genau abzählten.

Als sie von der Bühne kam, nahm Ted sie in den Arm, strich ihr die Haare aus dem Gesicht und küsste sie auf den Mund. «Das war eine super Vorstellung, Liebes. Ich bin stolz auf dich.»

«Das ist seine neue Muse», flüsterte jemand in der Nähe. Sue war mit sich und der Welt zufrieden. Muse war gut, dachte Sue, damit konnte sie gut leben.

Die Party ging noch lange angeregt weiter.

Geburtstagspaket

Es gab viele Übernachtungsgäste, weshalb das Frühstück ebenfalls Partycharakter hatte.

Sue saß in der Küche und unterhielt sich mit einigen Gästen, als Etzel, der ohne Alex da war, in die Küche kam und auf sie zeigte: «Du hast mir gestern beiläufig erzählt, dass du vor Kurzem Geburtstag hattest.»

«Ist nicht so wichtig», murmelte Sue, und da wurde sie schon mit Glückwünschen bestürmt. Etzel bat um Ruhe: «Wir haben uns spontan ein Geschenk für dich ausgedacht: Du bekommst eine exquisite Fesselung von mir und Ted im Teamwork.» Sue konnte ihre Freude nicht verbergen und folgte Etzel aufgeregt ins Wohnzimmer, wo am Morgen die Helfer schon die Bühne abgebaut hatten.

Ted hatte an der Decke vor seiner Waffenwand mehrere Haken und Schienen anbringen lassen, weil ihm diese Stelle zum Aufhängen seiner Sklaven seit Ostern so gut gefiel.

Hier zog sich Sue aus und die Männer gingen mit viel Teamgeist ans Werk. Sie genoss es sehr, von vier Männerhänden gefesselt zu werden.

Es waren die weißen Seile, die sich Runde für Runde wie Schlangen fest um ihren Körper legten. Ihre Arme wurden auf den Rücken gedreht und die Stricke reichten von den Handgelenken bis zur Mitte ihres Unterarmes. Auch oberhalb des Ellbogens waren Seile, und Sue spürte, wie die Ellbogen näher zusammengedrückt wurden. Um ihre Taille lagen mehrere Reihen und auch direkt unter ihrer Brust. Um ihre Schultern, gekreuzt vor dem Brustbein, zwischen den Brüsten und durch ihre Beine verlief ein strammes Seil, das eine sehr hartnäckige Erregung in ihr entstehen ließ. Bald war alles kunstvoll miteinander verknüpft, und es fühlte sich unbeschreiblich an. Sie merkte, dass an allen Gelenken und sonstigen beweglichen Punkten ihres Körpers Stricke angebracht waren, um deren Beweglichkeit einzuschränken, oder sie für die Haltung zu nutzen, in die Sue gebracht werden sollte. Durch die Haken an der Decke wurden Seile gezogen und mit denen an ihrem Rücken verbunden. Danach wurden ihr die Beine hochgebunden. Ihre Knie waren seitlich abgespreizt und so verknüpft, dass sie sie in keine andere Richtung mehr bewegen konnte. Ihre Füße zogen sie in Richtung ihrer Hände, das heißt hoch zur Decke. So hing sie mit nach vorn gewölbtem Brustkorb und durchgebogenem Rücken, Füße und Hände so weit nach oben zusammengezogen, wie es die Dehnung ihrer Sehnen zuließ. Obwohl Arme und Beine mit starkem Zug nach oben gedehnt waren, ruhte ihr Körpergewicht in den Seilen, die um Rumpf und Oberschenkel angebracht waren. Als Letztes banden sie Sue eine Augenbinde aus weichem Vlies um und wickelten darüber noch drei oder vier Runden Seil, das mit den gefesselten Armen verbunden wurde. Somit war sogar ihr Kopf zurückgedehnt und arretiert. Dann strichen ihr zwei Hände sanft über den Körper. Sie glitten zwischen ihre Beine, befühlten die Schamlippen rechts und links des stramm sitzenden Seiles, wanderten zu ihrem Po und gaben ihm einen Klaps. Sue roch Teds Parfum. Nun hatte er ihre Brüste in der Hand, streichelte sie. Dann nahm er ihr Gesicht in seine Hände und flüsterte nah an ihrem Ohr: «Du wirst jetzt hochgezogen, und dann hast du eine halbe Stunde, um die Fesselung zu genießen. Solltest du vorher dringend wieder runter wollen, kannst du es sagen. Es wird immer jemand hier sein.» Sue spürte, wie sie schwankte und es in ihrem Magen kribbelte. Sie spürte, auf welchen Seilen ihr Gewicht lag, aber es war so sauber verteilt, dass sie nirgendwo zu starken Druck fühlte. Sie konnte nichts mehr an ihrem Körper bewegen. Alles war in eine exponierte Haltung gebracht worden, die sie aus eigener Kraft nicht wieder verlassen konnte. Die Fesseln waren wie unnachgiebige Herren, die über ihren Körper und ihren Willen herrschten. Sie ließen nicht mit sich reden und taten stoisch und sicher ihre Arbeit. Zaghafte Bewegungsversuche zeigten ihr umso deutlicher, dass sie allen Willen abgeben und sich in die Fesseln fügen musste. Und wieder einmal war es prickelnd und berauschend, wie eine Achterbahnfahrt. Endlos und voller Hingabe ließ sie sich hineinfallen in das Gefühl, das sie beherrschte. Sie liebte es!

Im Wohnzimmer wurde es ruhiger. Sie hörte nur das laute Prasseln des Kamins.

Hatten sich so die Kurtisanen oder Geishas im alten Japan gefühlt, wenn sie von ihren Herren für die ganze Nacht gefesselt wurden? Oder war das nur eine Legende? Die Vorstellung jedenfalls war sehr erregend. Immer tiefer tauchte sie in dieses dunkle und warme Fühlen ein, immer intensiver spürte sie die Fesseln und die Stille. Sie erschrak fast, als sie Etzel sagen hörte: «Sue, die halbe Stunde ist um.» «Gib mir noch etwas Zeit. Ich melde mich, wenn ich genug habe.» «Okay», kam als Antwort und dann war es wieder still.

Sie kostete es aus, bis sie wirklich genug hatte, und gab dann Bescheid. Als sie wieder unten war, sagte Ted zu ihr: «Du warst eine ganze Stunde da oben. Es scheint dir ja richtig gut gefallen zu haben.» «Ja», strahlte Sue, «es war ein fesselndes Erlebnis.»

Eine Stunde später begleiteten Ted und Sue die letzten Gäste zur Tür. Ted legte den Arm um ihre Schultern und fragte: «Na, wie fandest du Halloween?» Sue lächelte. «Es hatte ausnahmsweise recht wenig Schrecken hier für mich.» «Der Schrecken ist dann am intensivsten, wenn man nicht mit ihm rechnet», philosophierte Ted, und sie gingen ins Haus zurück.

Halloweens Schrecken

Sie machten es sich für den Nachmittag im Wohnzimmer bequem. Zwei Stunden später, Sue lag gerade faul vor dem Kamin und las in einer Illustrierten, spürte sie, wie Ted sie beobachtete. Sie drehte den Kopf und sah ihn an. Er saß in seinem Sessel wie ein König auf seinem Thron und in den Händen hielt er seine Lieblingsgerte. Sue hatte nicht bemerkt, dass er sie geholt hatte, legte aber vorsichtshalber die Illustrierte zur Seite und wandte sich ihm erwartungsvoll zu. «Knie dich hierher!», befahl er und wies mit der Gerte vor seine Füße. Sie hatte keine Ahnung, was er vorhatte, aber seit sie hier war, hatten sie noch keinen Sex miteinander gehabt. Die Fesselung hatte sie schon den ganzen Tag erregt, und aus diesem Grund kam sie seiner Bitte nur allzu gerne nach.

Ted strich mit der Gerte ihr Haar zurück und hob mit der Spitze ihren Ohrring an. «Was ist das?», fragte er in einem Ton, als hätte sie Tintenkleckse auf wichtigen Akten verteilt. «Das ist mein Ohrring, Sir», antwortete Sue beherrscht.

«Abmachen!» Als Nächstes fädelte er mit dem Geschick des Geübten die Gerte zwischen Sues Hals und ihre feine Silberkette. «Wenn ich sie dir nicht vom Hals reißen soll, dann leg sie schnell ab, genau wie den Rest des ganzen Tands.» «Darf ich mir die Frage erlauben, warum ich meinen Schmuck ablegen soll, Sir?», fragte Sue neugierig.

Ted sah sie beschwörend an. «Dein Tag ist noch nicht zu Ende. Du hast noch eine Aufgabe. In einer halben Stunde kommen zwei Herren, um dich abzuholen.»

Sue erschrak. Was hatte das zu bedeuten? Schon wieder fremde Leute? Warum? Vorsichtig fragte sie: «Kommt Ihr nicht mit, Sir?»

Er sprach weiter, als hätte sie nichts gesagt. «Sie wollen mit dir einen Film drehen, und du wirst alles, was nachher passiert, was besprochen wird und was kommt ohne Fragen, ohne Kommentare und vor allem ohne Beschwerden hinnehmen. Du wirst ab jetzt hundertprozentig meinem Willen folgen, bis zu dem Moment, wo ich das Ganze beende. Und genau, wie du meinem Willen folgst, wirst du alles tun, was die Leute sagen, denen ich dich anvertraue.» Sue kannte Ted und sah ihm an, dass es sich hier um etwas handelte, bei dem es nur zwei Möglichkeiten gab: Mitmachen oder für immer gehen.

Sie schluckte und fügte sich in das Abenteuer. «Ich freue mich, Euch dienen zu dürfen, Sir Morley.»

Ted lächelte. «Braves Mädchen.»

Die Männer waren pünktlich da. Sue erinnerte sich, dass sie beide auf der Ibizaparty schon einmal gesehen hatte. Sie hatte sich ihre Gesichter gemerkt, weil sie sich damals gewundert hatte, wie sie in dieser mediterranen Hitze im Anzug herumlaufen konnten. Sie taten das auch heute. Der eine trug außerdem eine Brille, und der andere hatte eine Frisur wie die Comicfigur Mecky. Nach einer freundschaftlichen Begrüßung sagte Mecky: «Ich hab den Filmausschnitt dabei.

Wollen wir ihn ansehen, bevor wir Weiteres besprechen?» «Gute Idee», stimmte Ted ihm zu.

Was Sue zu sehen bekam, erteilte ihr an diesem Nachmittag den ersten Schlag: Sie sah sich! Es waren Aufnahmen von diesem Wellnesstempel, in den Ted sie nach Ostern geschickt hatte. Die Kameras mussten dort in jeder Ecke gewesen sein, denn die Perspektive wechselte je nach Bedarf, und alles war zu sehen.

Es fing mit dem Eintreten der Zofen an und schien ohne Kürzungen durchzulaufen, bis Sue mit der Augenbinde zum Hinterausgang hinausgeführt wurde. Dort übernahmen Kameramänner das Filmen, die natürlich völlig ungeniert um Sue herumgehen konnten und sie von allen Seiten und aus nächster Nähe filmten.

Sue saß zwischen Ted und den Männern vor dem Bildschirm und verfolgte fassungslos das Geschehen. Sie fühlte sich betrogen und missbraucht und hätte am liebsten geschrien. Sie hatte jetzt auch die Gewissheit, dass ihr Gefühl sie damals nicht belogen hatte. Hatte sie nicht gleich gewusst, dass das nicht astrein gewesen war? Ted legte väterlich den Arm um ihre verkrampften Schultern, als er ihren Zorn spürte, und sagte mit sanfter Stimme: «Schau mal Sue, wie toll du aussiehst. Keine Schauspielerin der Welt hätte das spielen können, was du ausstrahlst.» Sue biss die Zähne zusammen und sah sich die Szenen an.

Sie lief mit den Zofen durch ein Spalier von Fackeln, hinein in den Kreis von etwa zwanzig Leuten, die alle Masken trugen. Sie erinnerte sich wieder an die Töne und Gerüche und an die Furcht, die sie in manchen Momenten gespürt hatte.

Hier konnte sie sich sehen und ihr Gesicht, dem tausend Empfindungen zugleich anzusehen war, vor allem aber Leidenschaft und Opfermut. Sue musste zugeben, dass sie sich wunderschön fand. Ted drückte sie fester an sich, und als sie das Blitzen in seinen Augen bemerkte, konnte sie ein wenig besser nachempfinden, welchen Zauber ein Mann mit Teds Veranlagung immer wieder sucht und heraufbeschwört.

Das stimmte Sue versöhnlich, und sie versuchte, sich zu entspannen. Sie sah jetzt alles, was sie damals nur gespürt und gehört hatte.

Sie wurde etwas lockerer und entwickelte sogar eine gewisse Vorfreude, als die Männer von der Fortsetzung sprachen, die heute gedreht werden sollte.

«Es wird so beginnen, dass Sue eingefangen und zum Ort des Geschehens gebracht wird. Die Szene im Hamam wird kürzer sein, mit mehr Nahaufnahmen und mit anderem Licht», erklärte der Bebrillte und fügte hinzu: «Dir werden diesmal nicht die Augen verbunden, Sue. Es wäre aber hilfreich, wenn du die Kamera völlig vergessen könntest. Es wird auch keine weiteren Anweisungen geben.» «Okay.» «Die Zeit drängt, wir sollten starten. Kommst du mit Ted?», sagte Mecky mit einem Blick auf die Uhr.

«Nein, meine Haushälterin kommt gleich. Ich muss noch die Spuren der Party beseitigen. Ich werde Sue abholen.» Er drückte ihr einen Kuss auf die Schläfe.

Sue ging auf das gelbe Haus zu, kramte den Schlüssel aus ihrer Tasche und war gerade dabei, die Haustür zu öffnen, als zwei finstere Gestalten ihr ein Netz überwarfen und sie darin einwickelten. Sie wehrte sich und schrie, sie verlor ihre Schuhe, aber die Kerle schleppten sie zu einem schwarzen Auto und warfen sie in den Kofferraum. Die Türen klappten, und sie fuhren los.

Das Netz war eng um sie gewickelt und sie bemerkte, dass es sich noch mehr verhedderte, wenn sie sich bewegte. Die Anweisungen der Regie hatten sich tatsächlich auf das Aufschließen der Tür und das Sich-Wehren beschränkt.

Keiner hatte gesagt, dass sie in einem Kofferraum landen würde, und nach dem, was die Männer noch gesagt hatten, konnte sie auch nicht mit weiteren Erklärungen rechnen. Es herrschte völlige Finsternis, es roch nach Gummi, und wenn der Fahrer um eine Ecke bog, rutschte sie hart bis an den nächsten Widerstand, denn abstützen konnte sie sich nicht. Wie lange würde sie hier drin bleiben müssen? Konnte sie diesen Leuten wirklich vertrauen? Es war wohl das Beste, sich einfach in die Situation zu ergeben, auch wenn diese gerade etwas beängstigend war.

Der Kofferraum öffnete sich, Sue wurde herausgehoben, in den ihr bekannten Wellnesstempel getragen und auf den Marmorsockel gelegt. Dann verschwanden die Träger und sie war alleine. Der Versuch, sich lang auszustrecken, gelang ihr nicht richtig, weil die dünnen Seile des Netzes überall da verliefen, wohin sie sich gerade strecken wollte. Sie drehte ihre Finger und Zehen, zwischen denen sich ebenfalls die Fäden des Netzes spannten, und hoffte, die Zofen würden gleich kommen, aber erst einmal geschah nichts. Die Haltung, in die sie das Netz zwang, wurde immer unbequemer, denn schließlich konnte sie sich auch nicht umdrehen, weil sie sonst vom Sockel gefallen wäre.

Endlich kamen die Zofen, jede mit einer Schere bewaffnet und mit einem Kameramann im Schlepptau.

Dieses Mal waren die Mädchen in Rot und Schwarz gekleidet. Sie waren auch intensiver geschminkt und sahen wie zwei geheimnisvolle, junge Zauberinnen aus. Mit ihren geschickten Fingern befreiten sie Sue aus dem Netz und führten sie zum Bad. Wieder wurde sie gebadet, wieder mit ätherischen Ölen eingerieben, bis ihre Haut und ihre Möse prickelten. Dieses Mal berührten die Mädchen sie gleich sehr intensiv, strichen ihr über ihre erogenen Zonen und die Kamera hielt im warmem Licht drauf.

Das Kleid, das sie heute bekam, hatte den gleichen Schnitt und es war aus dem gleichen Stoff, wie jenes der ersten Zeremonie, nur dass es dieses Mal apricotfarben war. Bevor es nach draußen ging, setzten sich die Zofen Masken auf. «Sind denn alle maskiert hier?» fragte Sue. «Alle außer dir», war die Antwort.

Draußen hatte die gerade untergegangene Sonne den westlichen Himmel in rote und violette Töne getaucht, und ein leichter, kühler Wind kündigte die Nacht an. Sue schritt nun durch das Spalier aus Fackeln, bis sie am Rand des Ritualplatzes von einem Mann in einem langen, schwarzen Gewand angewiesen wurde, sich auf eine Leiter zu begeben, die zwei Männer, offensichtlich Bodybuilder, wie eine Trage trugen. Es war eine ganz klassische Holzleiter, weder schön noch bequem, aber Sue tat, wie ihr geheißen. Helfer kamen und fesselten ihre Arme und Beine an die Leiter.

Keiner schien irgendwelchen Anweisungen zu folgen. Alle agierten direkt, und kein Regisseur kam und verbesserte sie oder ließ etwas nachdrehen. Sue hatte den Eindruck, es handelte sich um ein echtes Ritual und die Kameras dokumentierten es nur.

Die Sprossen der Leiter gruben sich in ihren Rücken, und der Himmel über ihr wurde immer dunkler.

Dumpf und monoton klangen die Trommeln, als sie in einer feierlichen Runde um das Feuer getragen und von allen Anwesenden begutachtet wurde. Zwei der Maskierten traten vor, hoben ihr Kleid an, ihre Hände krabbelten über Sues Körper, betasteten ihre Brüste und ihre Muschi. Nur zaghaft meldete sich die Erregung wieder, die sie im Hamam noch vor wenigen Minuten gespürt hatte, denn hier dominierte eine schwer zu ergründende Angst ihre Empfindungen. Vielleicht war es eine Ur-Angst vor der dunklen Seite der Menschen. Diese Angst wurde noch dadurch verstärkt, dass sie den Leuten nicht ins Gesicht sehen konnte. Das Einzige, was sie von den Gesichtern sah, waren die Augen, die mit wenig Ausdruck auf sie herunterschauten. Beinahe wünschte sie sich, lieber eine Augenbinde wie beim ersten Mal zu tragen, denn alles um sie herum war gespenstisch, da konnten nicht einmal die Kameras etwas ändern.

Bei zwei Pfählen in der Nähe des Feuers machte die Prozession Halt. Sie banden Sue von der Leiter, um sie nun so zwischen den Pfählen zu fesseln, wie sie es schon beim letzten Mal getan hatten, nur dass sie dieses Mal auch ihre Beine weit gespreizt fixierten. Einer der muskelbepackten Männer griff mit beiden Händen am Dekolleté nach ihrem Kleid und riss es mit wenig Anstrengung auseinander, strich es mit viel Hautkontakt von ihren Brüsten zurück, bevor er es komplett von ihrem Körper zerrte.

Die Außenseiten der Pfähle flankierten Ständer mit großen Schalen, in denen viele kleine Reisigbündel gestapelt waren.

Links und rechts davon stellten sich die Maskierten in zwei langen Schlangen auf, und der jeweils Erste nahm eines dieser Bündel und schlug damit mehrmals auf Sues Haut. Das verursachte ein Gefühl, als würden Hunderte kleiner Minipeitschen kurz in ihre Haut beißen.

Nacheinander traten Männer wie Frauen heran und bearbeiteten ihren gesamten Körper mit dem Reisig. Die Dämmerung war weiter fortgeschritten, die Bäume und Büsche, die das Areal einfassten, wurden nach und nach zu zweidimensionalen Schemen vor einem dunkelblauen Hintergrund. Das Licht des Feuers und der Fackeln beleuchtete gelb die glänzenden Masken der Mitwirkenden, und die Tausend Minipeitschen klatschten ohne Unterlass auf ihre Haut.

Es war eine endlose Prozedur, denn sie behielten diese seltsamen Werkzeuge in der Hand und starteten zu einer zweiten und einer dritten Runde. Zusammen mit den monotonen Tönen der Trommeln lösten die Schläge einen tranceähnlichen Zustand bei Sue aus. Immer tiefer geriet sie in den rhythmischen Strudel aus Licht, Takt und Schmerz. Sie wand sich und stöhnte. Ihre Haut glühte, und die Realität wollte ihr entgleiten.

«Reiß dich zusammen!», befahl sie sich. Sie warf den Kopf nach hinten und sah ruhige, dunkle Wolken und davor die Irrlichter der Feuersglut. Das half ihr nicht. Wo konnte sie hinsehen, um die Kontrolle über sich zu behalten? Sie sah an sich herunter. Sie bemerkte viele kleine, aber auffallend dunkelrote Punkte und Streifen auf ihrer Haut. Nur langsam tastete sich die Erkenntnis in ihrem Gehirn voran, denn es sperrte sich gegen das, was Sues Augen sahen: Es war Blut! Wie eine dumpfe Explosion traf sie der Schock mitten in die Magengrube. Entsetzen stieg in ihr hoch und benebelte ihre Sinne. Sie schrie laut «Nein!», und riss wie wild an ihren Fesseln, doch die Tortur ging unbeirrt weiter. Alles um sie herum fing an, sich zu drehen und zu rauschen, sie verfluchte diesen Tag, sie verfluchte Ted und sich selbst. Immer wieder hoben maskierte Gestalten die kleinen Reisigbündel, immer wieder schlugen sie damit gegen ihren geschundenen Körper. Was war das hier für ein grausamer Irrsinn und warum stoppte ihn keiner? «Hört auf, hört endlich auf. Bitte!», flehte sie mit gebrochener Stimme. Doch unerbittlich fuhren sie fort. Wieder und wieder hoben sich die Hände mit den Marterwerkzeugen, um ihre Haut zu zerschneiden. Verzweifelt suchten ihre Augen nach dem Glitzern der kleinen Messer, die auf den Bündeln stecken mussten, und sahen etwas anderes: Rote Tropfen überzogen das Reisig, das gegen ihren Körper schlug. Ohne das Zutun ihres Bewusstseins fokussierten ihre Augen die große Schale neben dem Pfahl. Da waren keine Bündel mehr drin, sondern nur noch eine große Lache mit Kunstblut. Wie in Zeitlupe trat auch diese Erkenntnis den Weg in ihre verwirrten Gedanken an: alles nur Film!

Die Erleichterung ließ ihr die Knie so weich werden, dass sie sich kaum noch selbstständig in ihren Fesseln halten konnte. Wie hatte sie bloß glauben können, dass man ihr so etwas antun würde?

Nach dieser Runde ließen die Maskierten endlich von ihr ab und warfen feierlich ihre Bündel ins zischende Feuer.

Direkt vor Sue wurde nun ein Holzbock aufgestellt, ähnlich dem von Ted, nur dass er einen gemütlich wirkenden, mit Leder gepolsterten Längsbalken hatte. Ihre Hände wurden von den Pfählen gelöst, nach vorne über den Bock gezogen und unten an dessen Beinen wieder festgebunden, sodass ihr Becken quer auf dem Lederpolster lag und ihr Kopf vornüber hing.

Der Vorhang ihrer Haare versperrte ihr die meiste Sicht, aber sie konnte hören und durch die verstärkte Hitze auf ihrem Rücken spüren, dass viel neues Holz ins Feuer geworfen wurde. Die gesamte Gruppe formierte sich neu und stimmte einen Singsang an, der genauso monoton war wie die Trommeln. Nach einer Minute ebbte beides langsam ab, und nur das Feuer prasselte unbeirrt in die erwartungsvolle Stille hinein.

Aus ihrer verkehrten Perspektive sah Sue, wie ein als Faun verkleideter Mann von hinten an sie herantrat. Er hatte einen Dildo umgeschnallt, der genauso aussah wie das schwarze Teil, das man ihr beim Fotoshooting in den Hintern geschoben hatte. Der dritte Schrecken an diesem Tag durchfuhr sie, denn sie wusste, was jetzt folgen würde, aber weder Beine noch Arme konnten ihr gehorchen, weil sie der stoischen Kraft der Fesseln unterworfen waren.

«Der Faun wird sich nun sein Geschenk nehmen und dadurch den Ritus vollenden», rief einer mit Predigerstimme.

Sue fühlte sich zutiefst erniedrigt. Alle hier gingen mit ihr um, als sei sie bloß ein Vorführobjekt, das öffentlich und sogar vor der Kamera gequält wurde, für jeden sichtbar. Sie zeigten ihre Gesichter nicht und unterstrichen damit ihre Macht über Sue, denn sie war als Einzige nackt, jeder konnte sehen, was diese Gruppe von Leuten mit ihr treiben durfte. Sie war das Mittel für ihre Zwecke, das Opfer, und sie wurde hier in jedem Wortsinn gefickt.

Natürlich wusste sie, dass es nichts brachte, aber trotzdem zerrte sie an den Fesseln, in einem kläglichen Versuch zu entkommen. Schon spürte sie, wie sich der künstliche Schwanz gegen ihre Möse stemmte und unaufhaltsam in sie eindrang. Langsam stieß er vor und zurück, Helfer hielten Sue und den Bock fest. Die Ausmaße des Dildos ließen sie laut stöhnen vor Schmerz. Und obwohl sie sich massiv dagegen sperrte, empfand sie dabei auch Lust.

Immer kräftiger und schneller bewegte der Faun seinen falschen Penis in ihr. Die Leute johlten und feuerten ihn an. Nach einer Minute tat er so, als käme es ihm. Alle Anwesenden warfen die Arme hoch und jubelten dem Faun zu, der seinen schwarzen Schwanz langsam aus Sues Möse zog.

In dem allgemeinen Aufruhr wurde Sue von ihren Fesseln befreit, hochgehoben und in die Arme eines der beiden Bodybuilder gelegt.

«Mensch Sue, du suchst dir aber auch immer die krassesten Jobs aus», sagte der mit einer samtenen tiefen Stimme, die Sue sehr gut kannte. «Max», rief Sue und warf sich um seinen Hals. «Warte mit dem Umarmen noch», flüsterte er, «du musst jetzt noch die ohnmächtige Jungfrau spielen.»

Sehr erleichtert ließ sie sich wie schon einmal in die Arme von Max sinken, der sie jetzt den ganzen Fackelweg zurück ins Haus trug, bis hinein in den Spa-Bereich, wo sie sich endlich um seinen Hals warf und losheulte. Er wiegte sie in seinen Armen wie ein Baby und tröstete sie mit sanfter Stimme.

«Ich werde es überleben», schniefte Sue nach diesem Gefühlsausbruch, «es ist jetzt einfach die Erleichterung, dass es vorbei ist, und die Freude, dich zu sehen.» Sie lächelte wieder.

«Ich möchte ja ungern euer Tête-à-Tête stören», machte sich Ted bemerkbar, der anscheinend schon eine Weile im Raum stand, «aber ich wollte Sue noch zu einem Candle-Light-Dinner entführen. Und dazu sollte sie noch duschen. Sue, du siehst ja aus wie Jesus nach der Kreuzigung.»

«Lass mich runter, Max, ich habe mit diesem Mann noch ein Hühnchen zu rupfen», schnaubte Sue aufgebracht, rannte auf Ted zu, trommelte gegen seine Brust und schrie: «Da bist du dran schuld, du Dreckskerl. Ich hab gelitten wie ein Schwein da draußen. Die haben mich total fertiggemacht.» Ted hatte ihre Fäuste gefangen und hielt sie fest. Er lächelte sie mit blitzenden Augen an. «Ich freue mich schon auf den Film.»

«Verschwinde!», fauchte Sue, riss sich von ihm los und rannte zu den Duschen.

Sie stand mindestens zwanzig Minuten unter dem heißen Regenschauer, als wollte sie sich die Erinnerung an diesen Abend von der Haut waschen. Als sie aus der Dusche kam, war keiner mehr im Hamam, aber da lag ihr weinrotes Kleid, das Ted so liebte, und alles, was sie noch brauchte, ordentlich gefaltet und gestapelt auf dem Marmorsockel. Obenauf lag ein Zettel: «Bin im Salon, Parterre.»

Noch einmal zwanzig Minuten später trat sie in den Salon. Sie hatte sich dezent geschminkt, und ihr Haar leuchtete im gedämpften Licht. Sie blieb in der Tür stehen, denn sie wusste immer noch nicht, ob sie Ted umbringen oder ihn anflehen sollte, endlich mit ihr zu vögeln.

Ein Gast nach dem anderen drehte sich zu ihr um, denn sie wirkte dort im Türbogen wie eine Erscheinung. Abgründig, edel und lasziv zugleich blickte sie zu Ted hinüber, der sich jetzt ebenfalls zu ihr umdrehte und das erste Mal, seit Sue ihn kannte, ein winziges Wanken in seiner Selbstsicherheit zeigte.

Das entschädigte Sue für alles, was heute abgelaufen war, und sie kam lächelnd auf ihn zu.

«Alles in Ordnung, Baby?», fragte er weich.

«Alles in Ordnung, Sir.»

Weihnachtsüberraschungen

Unterwerfung

Im Geschenkeladen von Sue und Bärbel lief das Weihnachtsgeschäft in diesem Jahr sehr gut an. Schon im November stieg die Zahl der Kunden deutlich, und im Dezember war so viel los, dass sie noch zusätzliche Aushilfen brauchten. Sue hatte nicht die geringste Zeit, an Ted zu denken oder Lust auf seine Spielchen zu entwickeln. Trotzdem freute sie sich, als er in der zweiten Adventswoche anrief und sie für die Zeit zwischen den Jahren einlud.

27.12.200X
Sue war ganz schön aufgeregt, als sie vor seiner Tür stand und die Klingel betätigte. Es kam ihr vor, als wäre seit Halloween eine Ewigkeit vergangen.

Ted öffnete ihr und lächelte sie an «Hallo, schöne Frau, hat der Weihnachtsmann Sie geschickt?», flirtete er. «Ho, ho, ho! Und hier ist ein Geschenk für Euch, Sir Morley.» Sie hatte schon vor Längerem eine besonders schöne Peitsche mit Verzierungen auf dem Trödelmarkt erstanden, die sie ihm nun hübsch verpackt als Weihnachtspräsent überreichte.

Ihn wiederzusehen bewegte sie mehr, als sie gedacht hatte, denn erst jetzt wurde ihr wieder klar, wie attraktiv sie ihn fand.

Nach einem wärmenden Tee und ein wenig Konversation drehte Sue immer mehr auf. Sie schwang sich ihm gegenüber auf das Sofa vor dem Kamin, legte die Beine hoch, erzählte fröhlich vom Weihnachtsgeschäft und fühlte sich wie zu Hause. Sie bemerkte nicht, dass er zunehmend distanzierter wurde und sie abschätzend beobachtete, wie ein Prüfer, der eine wichtige Beurteilung erstellt. Ebenso prüfend und unterkühlt fragte er in eine Gesprächspause hinein: «Bist du meiner Einladung nachgekommen, um dich hier vom Weihnachtsgeschäft zu erholen?»

Sie spürte einen Stich in ihrem Inneren und sah ihn verwirrt an. Er hatte sie mit diesem Satz und vor allem mit seinem Tonfall komplett aus dem Konzept gebracht. Jetzt erst erkannte sie, dass er sie nicht wie Ted, sondern wie Sir Morley ansah. Sie zog die Beine vom Sofa und setzte sich gerade auf, bevor sie mit leichtem Herzklopfen antwortete: «Um ehrlich zu sein, ja, auch deshalb. Ich hab mich aber auch sehr gefreut, dich wiederzusehen.»

Sie versuchte, seinem endlos durchdringenden Blick standzuhalten. Was war los mit ihm? Sie hatte nichts falsch gemacht, und es war ihr wichtig, dies durch ihre Haltung zu demonstrieren.

Nach einer fast unerträglich langen Zeitspanne meinte Ted: «Nur, dass wir uns richtig verstehen: Du hast dich mir nach wie vor unterzuordnen, wenn ich das wünsche.» Sue verdrehte verständnislos die Augen. «Sind wir hier schon mitten in einem Spiel, einer Session oder so etwas?»

Ted beugte sich vor, ohne sie von seinem strengen Blick zu befreien. «Nennen wir es nicht Spiel. Nennen wir es ein Geraderücken der Verhältnisse. Ich brauche hier kein Kasperletheater oder eine Frau, die hier mit ihren Erwartungen anrückt und auf ihr Vergnügen wartet, das ich bedienen soll. Wenn das dein Anliegen war, ist da vorne die Tür. Ansonsten werde ich dafür sorgen, dass du zurück auf den Boden der Tatsachen kommst, bildlich wie wörtlich. Und zwar gleich!»

Sues Haltung verkrampfte sich. Aus dem Chaos in ihrem Gehirn schälte sich ein Bild heraus.

Das Bild der zwei Frauen aus Hannover, die an Pfingsten hier aufgetaucht waren, und Sue musste sich eingestehen, dass sie dieses Mal mit den gleichen Ambitionen hierhergekommen war, wie sie wohl die beiden Damen damals auch gehabt hatten. Sue wurde es heiß vor Scham.

Sie ahnte, was jetzt das einzig Richtige war, doch das zu tun, fiel ihr unsäglich schwer.

Nach einem Zögern, das nicht noch länger hätte dauern dürfen, erhob sie sich vom Sofa und kniete sich mit gesenktem Kopf vor Ted nieder.

Nach einer kurzen Pause sagte er: «Das ist dein Platz, und erwarte nicht, dass sich das ändert.»

Er zog aus der wohlbekannten Schublade das ebenso bekannte Hundehalsband mit Leine, zurrte es an Sues Hals und ruckte kurz daran zum Zeichen, dass sie ihm folgen sollte. In der Kammer musste sie stehen bleiben, und er entkleidete sie mit schnellen aggressiven Handgriffen. Dann schnallte er ihr den Gürtel mit den Ösen um die Taille und die breiten Manschetten um Fuß- und Handknöchel. Er drehte ihre Haare am Hinterkopf zusammen, um ihr eine schwarze Gummimaske über den Kopf zu ziehen. Sue spürte, wie sich das Material fest um ihren Kopf, um den Hals und auf ihre Gesichtshaut presste, als er den Reißverschluss zuzog. Die einzigen Öffnungen der Maske waren an Augen, Mund und Nase. Er fädelte die Hundeleine durch eine Öse am Boden und zog daran, bis Sue tief am Boden kauerte. Dann nahm er die Peitsche von der Wand und schlug ihr damit mehrmals kräftig auf den Hintern, sodass sie sich vor Schmerz noch mehr krümmte.

«Das war für dein dreistes Auftreten bei der Ankunft», sagte er, während er die Leine in einem Haken an der Wand einhängte. Er verließ ohne ein weiteres Wort die Kammer und schloss die Tür.

Nur wenige Zentimeter waren zwischen Sues Halsband und der chromüberzogenen Öse am Boden, durch die die Hundeleine gefädelt war. Sie sah, wie die Öse unter ihrer Atemluft anlief und wieder glänzend wurde. Ihr Herz klopfte immer noch wild, und sie kämpfte gegen ihre Tränen an. Gut, sie hätte wissen können, dass sie hier mit allem zu rechnen hatte, und es auch besser war, es einfach hinzunehmen. Aber genau das fiel ihr im Moment entsetzlich schwer. Sie fühlte sich gedemütigt und konnte ihre Lage nicht akzeptieren. Nicht so schnell und ohne Vorwarnung. Sie griff nach dem Halsband, um es zu öffnen oder die Leine zu lösen, aber sie musste nach mehreren Versuchen feststellen, dass beides einen speziellen Verschluss hatte, den sie nicht öffnen konnte. Ebenso verhielt es sich mit der Maske, deren Reißverschluss am Hinterkopf keinen Anfang und kein Ende zu haben schien. Nun flossen doch die Tränen, vor Wut auf Ted, auf sich selbst und auf ihre bezwingende Lage, der sie sich nicht beugen wollte. Wenigstens den Gürtel und die Manschetten um ihre Gelenke konnte sie mit einem gewissen Zeit- und Kraftaufwand lösen. Sue warf die Stücke voller Zorn gegen die Tür und sackte dann erschöpft zusammen.

Etwa eine halbe Stunde später kam Ted, sammelte Gürtel und Manschetten ein und legte sie ihr wieder an. Sie hatte versucht, sich in der Zwischenzeit zu entspannen, was ihr nicht wirklich gelungen war. Ihr Nacken tat weh, ihr war kalt und ihr Gesicht klebte an der Maske, aber sie sagte nichts. Er hatte ganz offensichtlich nicht vor, sie zu erlösen. Sie erinnerte sich an seine Worte: «... erwarte nicht, dass sich das ändert.» Es hatte sich angehört, als wollte er das die ganze Woche so durchziehen und sie dann nach Hause schicken.

Er war fertig mit den Manschetten und zog die Leine aus der Öse am Boden, nahm die Gerte von der Wand und dirigierte sie wie bei ihrem ersten Besuch durch die Wohnung. Auf allen vieren krabbelnd erinnerte sich Sue, dass sie sich damals einfach hatte hineinfallen lassen in diese totale Unterwürfigkeit und dass sie mit Freuden seinen Anweisungen nachgekommen war. Aber heute sträubte sich alles in ihr. Es wurde für sie noch härter, als sie von ihm in die Küche geführt wurde und erkannte, dass für sie statt eines Tellers auf dem Tisch ein Fressnapf am Boden stand, der Essen und Wasser enthielt. Er hängte die Leine ins Tischbein, befreite Sue von der Maske, deutete auf den Napf und sagte: «Da!»

Dann setzte er sich und genoss sein Abendessen. Sue saß am Boden, sah auf den Napf und spürte ihren Unwillen, aber auch ihren Hunger. Sie wusste, dass sie auf der Stelle gehen konnte, wenn sie diese Sache hier von sich aus beendete, und das war noch etwas schlimmer, als weiter mitzumachen. So beschloss sie, bis morgen durchzuhalten und dann weiterzusehen.

Nach dem Essen führte er sie zur Toilette und dann in die Kammer. Dort hatte Sir Morley ein altes, hölzernes Gerät an die Decke gehängt, das ihr vorher gar nicht aufgefallen war. «Das ist eine Deichsel, die habe ich einem Bauern abgekauft. Sein Großvater hatte damit noch seine Kühe vor den Wagen gespannt.» Er befestigte ihre Armanschetten an der Deichsel, montierte einen Abstandhalter an ihre Fußmanschetten, führte die Hundeleine von vorn durch ihre Beine und band sie am Rücken an den Gürtel.

Aber statt mit ihr zu spielen, ließ er sie einfach stehen. Zehn Minuten später klingelte es an der Tür, und Sue hörte Stimmen auf sich zukommen. Ted trat mit einem gepflegten jungen Mann in die Kammer, der beinahe erschrak, als er Sue erblickte. Er war offensichtlich ein Kunde. «Kümmere dich nicht um sie, sie wird dich nicht stören. Wir sind heute im Verlies.» Der junge Mann lächelte dankbar und wartete, bis sein Herr die nötigen Utensilien zusammengesucht hatte. Dann verschwanden die beiden und Sue blieb allein. Sie fühlte sich so elend wie noch nie, denn sie wusste, dass sie nun für wenigstens eine Stunde allein hier war. Warum tat er das alles mit ihr? Tat er es, weil er sich über sie geärgert hatte? Oder hatte er das von vorneherein geplant? Und wieder fragte sie sich ernsthaft, ob ihre Besuche hier wirklich das waren, was sie in ihrem Leben wollte oder brauchte. Sie hatte so einige tolle, gut aussehende, reiche und nette Männer in ihrem Bekanntenkreis, die nur darauf warteten, grünes Licht von ihr zu bekommen. Also warum quälte sie sich hier mit diesem Monster ab? Andererseits mochte sie dieses Monster. «Durchhalten», sagte sie zu sich, schloss die Augen und dachte an Ibiza, wo sie in ähnlicher Haltung mehrere Stunden verbracht und es genossen hatte. Vielleicht sollte sie das alles endlich zulassen, statt sich vehement dagegen zu wehren. Außerdem fühlte sich die Leine zwischen ihren Beinen gut an ...

Die Session mit dem Mann dauerte tatsächlich nur eine Stunde. Nachdem er seinen Kunden verabschiedet hatte, kam Ted zu Sue, befahl sie nach dem Lösen der Fesseln wieder in den Vierfüßlerstand und führte sie ins Wohnzimmer. Er setzte sich mit einer Zeitung in den Sessel, zog Sue ganz nah an seine Beine und kraulte sie wie einen Hund am Hinterkopf, während er seine Zeitung las.

Seine Berührung löste in ihr schlagartig allen Widerstand auf, der noch in ihr existiert hatte. Ihre Lider senkten sich unwillkürlich vor Entzücken über das köstliche Gefühl, das seine Hände in ihrem Nacken auslösten, und sie spürte die sanften Blitze, die in ihren Unterleib einschlugen. Dankbar schmiegte sie sich an seine Beine, denn da war es wieder, dieses Empfinden völliger Demut. Es durchfloss sie wie ein warmer Ozean. Ja, sie wollte für ihn devot sein. Sie wollte ihren Stolz bändigen und nicht klagen, sondern alles so annehmen, wie er es bestimmte, und sie wollte es mit Freuden tun. Die Geschäftsfrau Sue war eine andere zu einer anderen Zeit. Heute und hier war sie die Sklavin Sue, und das mit ganzer Hingabe.

Als Ted die Zeitung weglegte, zog er Sue hoch und sagte zu ihr: «Beuge dich über die Sessellehne. Ich will dich ficken.» Sues Herz tat einen Sprung, und sie gehorchte sofort. «Freu dich nicht zu früh. Du wirst nicht bedient. Ich bediene mich an dir.» Damit rammte er seinen Schwanz in ihre Möse und penetrierte sie kräftig. Sue war klar, dass sie nicht mehr zu erwarten hatte. Trotzdem war sie völlig verrückt nach ihm, und jeder Stoß steigerte ihr Verlangen ins Unermessliche. Sie litt innere Höllenqualen, als er fertig war und sich ihr entzog, doch sie sagte nichts. Sie fiel ihm nur vor die Füße und küsste sie.

Als er zu Bett ging, wies er ihr als Schlafplatz das Lammfell am Boden seiner Bettseite zu. Sue war immer noch angeleint, und er klickte das Ende in ein Paar Handschellen ein, die am Fußende des Bettes hingen. Er warf ihr Kopfkissen und Decke runter und wünschte ihr eine gute Nacht.

28.12.200X

Am nächsten Tag führte Ted das «Spiel» weiter. Nachdem er sie aus dem Napf hatte frühstücken lassen, zog er Sue wieder die Gummimaske an und leinte sie im Wohnzimmer in der Nähe des Kamins an. Es klingelte an der Tür. Es war Thea, Teds Haushälterin. Sue erschrak, denn sie konnte sich vorstellen, dass die ältere Dame sie trotz der Maske erkannte.

Als Thea sie erblickte, wandte sie sich um und sagte: «Herr Morley, Sie wollten mir doch noch Seile besorgen für meinen Franz», und zu Sue gewandt meinte sie: «Der liebt es, wenn ich ihn am Bett festbinde.» «Die hab ich besorgt, Thea. Die sind in der Besenkammer in der Tüte», rief Ted aus der Küche.

Thea bedankte sich und machte sich an die Arbeit. Sue fragte sich, ob in diesem Haus irgendetwas normal war.

Doch noch hatte Sue Kraft, und sie verhielt sich weiterhin vorbildlich, kroch brav an Teds Seite, blies ihm einen, als er es von ihr verlangte, diente ihm als Fußstütze, als er telefonierte, massierte ihm den Nacken und ließ ihn in Ruhe, wenn er das wollte.

Am frühen Nachmittag kam er zu ihr und nahm ihr Halsband und Maske ab. «Zieh dich an, wir gehen rodeln.» Sue atmete auf. Sie spürte, dass sich in seiner Haltung ihr gegenüber eine Veränderung anbahnte, und war froh darüber, denn lange hätte sie das Ganze nicht mehr durchgehalten.

Ted hatte keinen Schlitten, sondern zwei dicke Autoreifen, auf denen sie fast den ganzen Nachmittag neben vielen Wintersportlern einen Abhang hinunterschlitterten. Sue fühlte sich so leicht und befreit wie noch nie zuvor. Sie lachte und war ausgelassen wie ein Kind.

Sie sah auch, dass Ted alle Strenge vergessen hatte.

Die Autoreifen hatten allerdings einen Nachteil: Es sammelte sich viel Schnee in der Kleidung, und am Abend verließen sie völlig durchnässt und ausgekühlt den leer gewordenen Abhang.

Auf dem Heimweg pfiff Ted vergnügt vor sich hin, und Sue war in Gedanken versunken.

Sie war in diesen zwei Tagen zu einer Erkenntnis über sich selbst gelangt: Die Neigung, sich zu unterwerfen, diese Lust daran, dominiert zu werden, stellte einen Ausgleich her zu ihrem sehr ungebundenen Wesen, das sie zwar dazu brachte, alles selber können zu wollen und es auch zu tun, das ihr im Herzen aber gleichzeitig eine gewisse Grenzenlosigkeit und damit auch Haltlosigkeit gab. Ted verlieh ihr also in eindringlicher Weise Halt. Gleichzeitig war ihr bewusst, dass sie sich niemals für immer unterwerfen konnte.

Trotz all der tiefgründigen Gedanken war sie gerade ziemlich geil auf Ted ...

Zu Hause angekommen nahm er Sue an der Hand und führte sie ins Bad. Dort entkleidete er sie und dann sich selbst, stieg unter die Dusche und zog sie mit sich. Er befahl ihr, die Arme hochzuhalten und seifte sie sanft ein. Sie fühlte sich, als hätte sie Drogen genommen, so intensiv spürte sie seine Hände. Es fühlte sich an, als wären sie mit elektrischer Ladung versehen, die sie großflächig und tiefenwirksam an ihre Haut abgaben. Ihr Herz klopfte wild, und sie atmete schwer. Er schien um seine Wirkung zu wissen und ließ seine Hände langsam über ihren gesamten Körper gleiten. Dabei sah er sie wieder prüfend an. Er nahm ihre Brüste, knetete sie und ließ Sue dabei nicht aus den Augen. Danach wanderte seine rechte Hand an ihren Nacken und die linke fuhr zwischen ihre Beine. Immer näher zog er Sue an sich heran. Dann küsste er sie. In ihr schlugen die Gefühle Kapriolen. Die Hände in der Luft und vorsichtig wie ein unerfahrener Teenager erwiderte sie das Liebesspiel, obwohl sie innerlich brodelte vor Lust. Sie wollte nichts riskieren und ihn nicht von Neuem verärgern, doch in ihr waren alle Sinne geweckt, und die erzwungene Zurückhaltung ließ sie immer mehr brennen. Sie hielt es nicht lange durch und warf sich kurze Zeit später mit hungriger Gier an ihn.

Da packte er sie an den Haaren und zog ihren Kopf nach hinten. Das Wasser regnete ihr übers Gesicht. «Du kannst es nicht lassen, du geiles Biest!»

Sues Atemstöße rangen sich wie Husten aus ihrer Kehle, und sie antwortete kühn: «Das ist es doch, was dir an mir gefällt, Meister. Ich weiß es! Du bändigst lieber Wildkatzen als Kühe!»

«Halt den Mund, du Miststück!», fauchte er sie an. Sekunden vergingen. Dann fielen sie erneut übereinander her und liebten sich hemmungslos und ohne weitere Worte.

Jil

30.12.200X

Als Sue an diesem Morgen erwachte, fühlte sie sich fantastisch. Ted stand an der Tür, hatte die Daumen in den Hosentaschen seiner Jeans und sah sie merkwürdig abschätzend an. Mit vorsichtigem Lächeln sagte Sue: «Guten Morgen.» «Heute ist ein guter Tag für verspätete

Weihnachtsgeschenke. Nach einem schönen Frühstück fahren wir beide in die Stadt.» Mit einem frechen Lächeln drehte er sich um und ging hinaus.

In der Stadt steuerte er ohne Umwege ein Dessousgeschäft an. Drinnen hatte er es mit seinem Charme in Minutenschnelle erreicht, dass beide Verkäuferinnen und die Chefin persönlich aufgeregt und mit leuchtenden Augen um ihn und Sue herumflatterten. Allerdings merkte Sue schnell, dass ihr keine andere Rolle zukam als die der Kleiderpuppe, die eine Stunde lang an- und ausgezogen und begutachtet wurde. Zuletzt trug sie einen feinen weißen Spitzen-BH und den dazu passenden Tanga-Slip. Darunter passende Strumpfhalter, weiße Strümpfe mit breitem Spitzenbesatz und klassische weiße High Heels. «Gefällt es dir Sue?» Sie nickte, und er sagte: «Das nehmen wir. Die Lady lässt es gleich an und zieht nur ihr Wollkleid und den Mantel darüber.» Die Verkäuferinnen schauten Ted genauso verwundert an, wie Sue es tat, nur war ihr klar, dass er noch etwas mit ihr vorhatte. Nur was?

Als sie im Auto saßen, fragte sie ihn. «Ich habe einer sehr guten Freundin noch ein Geschenk zu machen. Verpackt ist es ja schon.» Dabei sah er an Sue hinunter. «In wenigen Minuten sind wir da. Du wirst in das Haus gehen, das ich dir zeige. Die äußere Tür wird offen sein. Die schließt du hinter dir, ziehst im Flur Mantel und Kleid aus und klopfst an die Milchglastür. Jil wird dich empfangen. Du wirst dich ordentlich benehmen und ihr gehorchen. Sue saß mit offenem Mund auf dem Beifahrersitz und sah Ted mit Panik an. Er warf ihr einen Blick zu, der unmissverständlich sagte: Tu es oder du gehst.

Sue tat es. Sie fühlte sich wie die O, die von ihrem Herrn mit offener Bluse und ohne Höschen zu anderen Leuten geschickt wurde. Nur in ihre weißen Dessous gekleidet klopfte sie zaghaft an die Tür. Eine weibliche Stimme bat sie herein. Drinnen war gedämpftes Licht und es herrschte eine angenehme, warme Atmosphäre. In der Mitte des Raumes stand eine schwarzhaarige Frau. Ihr großer Busen quoll aus einer schwarzen Korsage, und die langen Beine steckten in schwarzen, spitzen Overknees. Sie hatte ein fein geschnittenes Gesicht und große dunkle Augen. Sie hielt eine ebenfalls schwarze Gerte in der Hand und sah Sue abschätzend an. «Komm ruhig näher», befahl sie mit ihrer sanften, aber gefährlich wirkenden Stimme. Sue ging auf sie zu. «Umdrehen!» Sue drehte sich. Nachdem sie ihr Geschenk ausgiebig gemustert hatte, sagte die Frau wohlwollend: «Ted hat nicht zu viel versprochen. Sehr schön, die kleine Elfe, wirklich. Ich habe dich zwar schon nach Ostern und an Halloween gesehen, aber so gefällst du mir besser. Übrigens, für dich bin ich Herrin Jil. Weißt du, warum du hier bist?»

Sue wusste es nicht. Die Domina nahm ein Hundehalsband und legte es ihr an den Hals.

«Ted hat mir gesagt, dass du das magst. Er hat mir viel von dir verraten», erklärte sie und verknüpfte das Band mit einer Leine. Sie bat Sue, sich mit ihr an den Tisch zu setzen, auf dem akkurat aufgereiht die vielfältigsten Dinge auf Sue warteten: Handschellen, Klammern, Peitschen, ein Strauß Brennnesseln, Plugs in drei Größen und einiges mehr. Sue hatte keine Ahnung, was Ted alles über sie erzählt hatte. Sie wusste selber noch gar nicht, welche Spielarten es noch gab, für die sie sich öffnen konnte, aber sie spürte, wie ihr Körper auf das reagierte, was sie sah.

Ihre Herrin zog sie am Halsband, damit sie gerade saß, und wickelte das Ende um ihre Stuhllehne. Sie goss sich und Sue Sekt ein. «Ted ist demnächst drei Monate auf Reisen, und um deine Erziehung in dieser Zeit nicht schleifen zu lassen, hat er mich gebeten, das zu übernehmen. Normalerweise erziehe ich nur Männer. Du bist die erste Frau für mich. Aber ich glaube, es gefällt mir. He, was ist mit der Leine? Ich wünsche, dass sie immer auf Spannung ist. So ist es gut. Übrigens will ich nicht viele Worte von dir hören, deshalb gilt das Ampelsystem. Grün sagst du, wenn du mehr verträgst. Gelb heißt: Geht noch so, und rot sagst du nur, wenn du wirklich nicht mehr kannst ... Was für ein hübscher BH, lass mal sehen.»

Mit diesen Worten beugte sich Jil vor, zog die feine Spitze nach unten und griff nach Sues Nippeln. Sue war überrascht, von einer Frau auf diese Weise und mit solcher Dreistigkeit berührt zu werden. Sofort flossen Schauer der Erregung durch ihren Körper. Jil ließ nicht los. Mit zu Schlitzen verengten Augen lächelte sie Sue überlegen an und drückte immer fester zu. Sue versuchte, ihrem Raubkatzen ähnlichen Blick standzuhalten, während Jil ihre Nippel immer härter bearbeitete. Sie schnappte nach Luft. Sie wollte nicht wie eine Mimose wirken und deshalb auch nicht klein beigeben. Jil ließ sich Zeit. Mit der Dimension Zeit schienen sich alle dominanten Menschen gut auszukennen. Dann nahm Jil zwei von den roten Klammern vom Tisch und befestigte sie an Sues Brustwarzen. Das reichte ihr aber noch nicht. Sie setzte überkreuzt noch jeweils eine Klammer dazu. Sue hatte das Gefühl, dass ihre Nippel noch nie so viel hatten aushalten müssen, und sie versuchte, sich von dem Schmerz abzulenken. «Trink noch einen Schluck», befahl ihre Herrin. Sue stürzte so gierig den Sekt hinunter, dass sie husten musste.

Jil blieb ganz locker und unterhielt sich mit Sue, rauchte eine Zigarette, holte dann ihren Lippenstift hervor und zog sich in aller Ruhe die Lippen nach. Dabei strich sie Sue immer wieder über die nach vorne gepressten Nippel oder bewegte die Klammern. Plötzlich sagte sie: «Wir probieren mal die härtere Version aus», nahm die roten Klammern ab und setzte stattdessen Eisenklammern mit schwarzer Ummantelung an, die mit einer dreifachen, dicken Kette miteinander verbunden waren. Sue fing an zu japsen und überlegte sich, ob sie «gelb» ankündigen sollte. Jil schien jetzt voll in ihrem Element zu sein. Sie lehnte sich in ihrem Stuhl zurück, hob die Spitze ihres Stiefels unter die Ketten und zog sie damit zu sich. Sue folgte automatisch. «Wirst du wohl sitzen bleiben? Habe ich dir nicht gesagt, die Leine muss immer auf Spannung sein? Bei mir kannst du dir deine kleinen Ungezogenheiten nicht mehr erlauben, dass dir das klar ist!», herrschte Jil sie an, stand auf und drückte Sue zurück, während sie energisch an der dreifachen Kette zog. Sue hyperventilierte fast unter dem Schmerz, und trotzdem wurde sie geil, wie verrückt ... Jil stellte sich direkt vor sie hin und sah sie von oben beschwörend an. Sue legte den Kopf auf den Busen ihrer Herrin und flehte: «Macht alles mit mir, was ihr wollt Herrin!» «Das tue ich sowieso», meinte Jil lapidar.

Als Nächstes wurde Sue mit Handschellen an eine Stange, die für Sue etwa auf Hüfthöhe war, vor den großen Spiegel gefesselt. Sie musste ihren Oberkörper ganz nach unten drücken, sodass ihr Po weit nach hinten gestreckt war. Jil zog ihr den Slip herunter, rollte die mehrschwänzige Peitsche aus und befahl Sue: «Schau dich im Spiegel an!», und schlug sich erst mal warm.

Als Sue dachte, das war's, fragte ihre Herrin: «Sue, wie alt bist du?» Sue ahnte, was jetzt kam, und überlegte, ob Ted ihr Alter an Herrin Jil verraten hatte. Also blieb sie bei der Wahrheit: «Dreiunddreißig.» «Du zählst jetzt mit», befahl Jil. Und so landeten die vielen Riemen dreiunddreißig Mal hart auf ihrem Arsch. Sue wusste nicht, was mehr schmerzte, ihre Nippel oder ihr Hintern. Allerdings war Jil mit diesem noch nicht fertig. «Jetzt kommen die genialen Haushaltstipps.» Damit schnappte sie sich das feste Papprohr aus dem Inneren einer Klarsichtfolienrolle und trommelte in rasanter Abfolge ausgiebig über Sues Hintern, bis diese «rot» schrie. Sie ging auf die Knie und flehte ihre Herrin außerdem an, ihr die Klammern von den Nippeln zu nehmen, denn der Schmerz wurde jetzt unerträglich. Jil holte Sues Sektglas, löste die erste Klammer und drückte sofort das kalte Glas auf die Brustwarze. Dennoch hörte Sue die Engelein singen, als das Blut zurück ins Gewebe floss. Bei der zweiten Brust war es nicht besser. Jil hob Sues Kopf und setzte ihr das Glas an die Lippen. Dankbar nahm Sue einen Schluck. Ihre Herrin ließ es sich aber nicht nehmen, ihr wenig später wieder die roten Klammern anzusetzen. Spätestens hier war Sue klar, dass Männer, Jils bevorzugtes Klientel, wohl mehr aushalten konnten als sie.

In der dritten Phase der Session fesselte Jil Sues Hände mit einem roten Seil vor der Brust und verschnürte sie dann mit so einer Kunstfertigkeit, dass Sue nicht nachvollziehen konnte, wie ihre Herrin das gemacht hatte, sondern nur feststellen konnte, wo sie das Seil überall spürte, und das war am deutlichsten zwischen ihren Beinen. Sie musste sich mit dem Oberkörper auf das Bett legen und die Beine spreizen. Herrin Jil holte den mittleren der Plugs, zog das Seil zur Seite und versenkte ihn in ihrem Arschloch.

«Du siehst, kleine Elfe, ich weiß, was du gerne hast.» Sie tastete mit ihrer Hand zu Sues nasser Möse und kommentierte: «Ted hat nicht gelogen. Du bist wirklich ein geiles Luder!» Sie holte die Brennnesseln und rieb sie ausgiebig auf Sues Kitzler. Sue stöhnte in allen Tönen und wand sich vor Erregung. «Am besten stopfen wir das zweite Loch auch noch», sagte Jil, holte den Vibrator, schaltete ihn in ihrer Möse ein und bewegte ihn kräftig. Das war zu viel für Sue. Sie konnte den Orgasmus nicht mehr aufhalten. Völlig aufgelöst sackte sie vor dem Bett zusammen.

Herrin Jil fragte, ob sie ein Fotohandy besäße. Sue bejahte. Jil holte es und fotografierte Sue in dieser letzten Position. «Du wirst sehen, es sieht toll aus. Deine weißen Dessous, die roten Klammern und die roten Seile. Ted wird stolz auf dich sein.» Sie griff nach ihrem eigenen Handy, rief Ted an und befreite Sue.

Silvester

Ted und Sue feierten Sylvester bei Bekannten. Als sie um Mitternacht draußen angestoßen hatten, sagte Sue: «Morgen fahre ich zurück nach Hause. Jil hat mir gesagt, dass du demnächst drei Monate verreist. Wann ist das denn?» «Übermorgen.» Sue erschrak. «Warum hast du mir nichts gesagt? Wo reist du denn hin?» «Nach England. Meine Eltern sind vor 18 Jahren in die Geburtsstadt meines Vaters gezogen. Sie sind nicht mehr so fit, und ich helfe ihnen bei größeren Sachen. Außerdem habe ich dort geschäftliche Verbindungen.» Sue blickte wortlos auf die Böller und machte ein schmollendes Gesicht. «Keine Angst, die Zeit vergeht schnell. Und Jil kümmert sich um dich, wenn du es brauchst», tröstete Ted sie, dann nahm er ihr Kinn und drehte ihr Gesicht zu sich. Sue lächelte. «Ja, das ist ein Trost, aber jedes Mal auch ein weiter Weg.»

«Ich denke, dein Weihnachtsgeschäft war so gut. Da könntest du dir jetzt ein Auto leisten.»

Sue nickte. «Ostern bin ich wieder da», meinte Ted.

Sue lachte, und es schien, als machten ihre Gedanken eine Zeitreise. «Ostern ist gut», sagte sie. «Ostern ist sehr gut!»

EROTIK

SKLAVENHERZ
COSETTE

TB, 13,5 x 21 cm, 160 S.
erschienen Okt. 2010
ISBN: 978-3-86608-139-0
13,90 Euro [D]
14,30 Euro [A]

«Majestätisch, sensationell und meisterhaft! Cosette – eine Frau, die sich von Buch zu Buch immer neu erfindet und immer wieder selbst übertrifft.»
monstersandcritics.de

9 783866 081390

EROTIK

HANDZAHM
COSETTE

TB, 13,5 x 21 cm, 160 S.
erschienen Okt. 2009
ISBN: 978-3-86608-129-1
13,90 Euro [D]
14,30 Euro [A]

«Finstere Reise in den Untergrund der SM-Szene. Garniert mit spannendem Ideenreichtum und ordentlich Dampf für die Lustzonen!»
PO Magazin

9 783866 081291

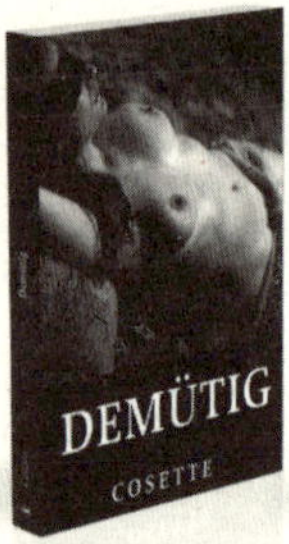

EROTIK

DEMÜTIG
COSETTE

TB, 13,5 x 21 cm, 144 S.
erschienen Feb. 2008
ISBN: 978-3-86608-064-5
13,90 Euro [D]
14,30 Euro [A]

«Gänsehaut!»
KinKats
«Uneingeschränkt empfehlenswert, ein wirkliches Lesevergnügen, eine große Autorin mit Phantasie und Können.»
Schlagzeilen

9 783866 080645

EROTIK

UNARTIG
COSETTE

TB, 13,5 x 21 cm, 160 S.
erschienen Mrz. 2009
ISBN: 978-3-86608-109-3
13,90 Euro [D]
14,30 Euro [A]

«Unterhaltsam und phantasievoll!»
Marquis
«Cosettes ansprechender Stil bereichert das Genre der BDSM-Literatur wie kein anderer.»
roterdorn.de

9 783866 081093

EROTIK

DEVOT
COSETTE

TB, 13,5 x 21 cm, 128 S.
vierte Auflage erhältlich
ISBN: 978-3-86608-022-5
13,90 Euro [D]
14,30 Euro [A]

«Ein wahrer Leckerbissen erotischer Literatur der etwas anderen Art, der aber Lust macht auf mehr!»
gothicparadise.de

9 783866 080225

EROTIK

LUST
COSETTE

TB, 13,5 x 21 cm, 128
zweite Auflage verfüg
ISBN: 978-3-86608-06
13,90 Euro [D]
14,30 Euro [A]

«Erfrischend und stilv umgesetzt.»
schattenspiegel.com
«Fesselt. Und was der Titel ihres Buches verspricht, das hält er auch!»
Schlagzeilen

9 783866 080638

EROTIK

GIFT FÜR DIE SKLAVIN
COSETTE

TB, 13,5 x 21 cm, 224 S.
erschienen Sep. 2008
ISBN: 978-3-86608-093-5
13,90 Euro [D]
14,30 Euro [A]

«Packende Kriminalgeschichte und prickelnde Erotik. Da bekommt der Begriff scharfe Story eine völlig neue Bedeutung!»
grdb.de

9 783866 080935

EROTIK

SKLAVIN IN GEFAHR
COSETTE

TB, 13,5 x 21 cm, 152 S.
zweite Auflage erhältlich
ISBN: 978-3-86608-048-5
13,90 Euro [D]
14,30 Euro [A]

«Cosette hat mit Sklavin in Gefahr einen SM-Roman hingelegt, der innerhalb der SM-Szene Klassiker-Potenzial haben dürfte.»
mon-boudoir.de

9 783866 080485

EROTIK

GEZÄHMT
SIRA RABE

TB, 13,5 x 21 cm, 176 S.
erschienen Sep. 2010
ISBN: 978-3-86608-148-2
13,90 Euro [D]
14,30 Euro [A]

«Ich habe selten so gute Leselust gefühlt (im wahrsten Sinne des Wortes).»
Amazon-Rezension

9 783866 081482

EROTIK

VIOLA – DAS TAGEBUCH DER SKLAVIN
SIRA RABE

TB, 13,5 x 21 cm, 160 S.
erschienen Sep. 2009
ISBN: 978-3-86608-111-6
13,90 Euro [D]
14,30 Euro [A]

«Nie langweilig, der Ideenreichtum scheint bei Sira Rabe unbegrenzt. Ein SM-Roman voller Romantik, den ich allen nur empfehlen kann!»
ladys lit

9 783866 081116

EROTIK

GEFANGEN
SIRA RABE

TB, 13,5 x 21 cm, 144 S.
zweite Auflage erhältlich
ISBN: 978-3-86608-097-3
13,90 Euro [D]
14,30 Euro [A]

«Ein echter Leckerbissen!»
Schlagzeilen
«Sira Rabe ist der neue Star in der Fetisch-Szene!»
PO Magazin

9 783866 080973

EROTIK

ERNIEDRIGT
EVA STERN

TB, 13,5 x 21 cm, 144
erschienen Sep. 2010
ISBN: 978-3-86608-14
13,90 Euro [D]
14,30 Euro [A]

«Nichts für schwache Nerven, aber für Liebh ber des wahren Leben»
Amazon-Rezension

9 783866 081420

ROTIK

GIER DER FREMDEN
RYDIKE

, 13,5 x 21 cm, 128 S.
eite Auflage erhältlich
3N: 978-3-86608-080-5
~~90 Euro~~ **4,95 Euro** [D]
0 Euro [A]

aumen hoch! Ich habe in der Mittagspause esen und konnte ch danach nicht mehr klich auf die Arbeit nzentrieren.»
ick.de

783866 080805

EROTIK

DIE DORNEN DER SKLAVIN
EURYDIKE

TB, 13,5 x 21 cm, 224 S.
erschienen Mrz. 2009
ISBN: 978-3-86608-110-9
~~13,90 Euro~~ **4,95 Euro** [D]
5,10 Euro [A]

«Der Stil der Autorin ist famos, klischeefrei und unprätentiös. Mehr als gut!»
Schlagzeilen

9 783866 081109

EROTIK

STETS ZU DIENSTEN
TANITA ZEST

TB, 13,5 x 21 cm, 160 S.
erschienen April 2010
ISBN: 978-3-86608-133-8
13,90 Euro [D]
14,30 Euro [A]

«Mit Einfühlungsvermögen und raffinierter Handlungsführung gestaltet. Ein aufregendes Leseerlebnis.» **erotische-geschichten.biz**

9 783866 081338

EROTIK

VERLOCKENDE VERSUCHUNGEN
INKA LOREEN MINDEN

TB, 13,5 x 21 cm, 144 S.
erschienen Feb. 2009
ISBN: 978-3-86608-108-6
~~13,90 Euro~~ **4,95 Euro** [D]
5,10 Euro [A]

«Unterhaltsam prickelnde Lektüre für warme Sommernachmittage [...] durchlesen und weiterträumen.»
Schlagzeilen

9 783866 081086

EROTIK

JANUSLIEBE
EDNOR MIER

TB, 13,5 x 21 cm, 160 S.
erschienen Jun. 2008
ISBN: 978-3-86608-084-3
~~13,90 Euro~~ **4,95 Euro** [D]
5,10 Euro [A]

«Ein wirklich guter Erotikkrimi mit vielen Spannungsmomenten und überraschender Auflösung.»
happy-end-buecher.de

9 783866 080843

EROTIK

HOCHZEIT DER SKLAVIN
CONSTANZE O. WILD

TB, 12 x 18 cm, 128 S.
zweite Auflage erhältlich
ISBN: 978-3-86608-049-2
~~12,95 Euro~~ **4,95 Euro** [D]
5,10 Euro [A]

«Wenn der legendäre Simon Benson hier mal nicht Pate gestanden hat! Wer es auf die harte Tour mag, dem sei das Buch empfohlen.»
Marquis

9 783866 080492

ROTIK

VERBOTENEN ÜCHTE DER WOLLUST
IAN GREEN

, 13,5 x 21 cm, 144 S.
te Auflage erhältlich
3N: 978-3-86608-062-1
~~90 Euro~~ **4,95 Euro** [D]
0 Euro [A]

nisternde Erotik, arre (S)Exzesse voller sschweifungen!»
nthouse

783866 080621

EROTIK

OBSESSION
LILIAN GREEN

TB, 13,5 x 21 cm, 144 S.
dritte Auflage erhältlich
ISBN: 978-3-86608-096-6
~~13,90 Euro~~ **4,95 Euro** [D]
5,10 Euro [A]

«In 13 Kurzgeschichten wird wollüstig und geil, tabu- und hemmungslos gevögelt!»
Schlagzeilen

9 783866 080966

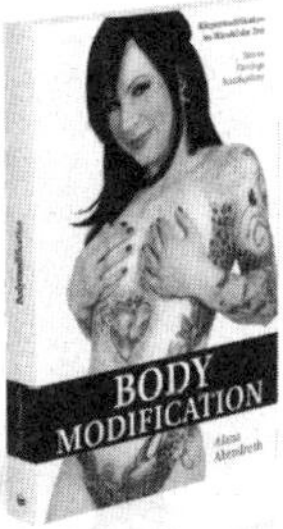

EROTIK | SACHBUCH

BODYMODIFICATION
ALANA ABENDROTH

TB, 13,5 x 21 cm, 144 S.
erschienen Aug. 2009
ISBN: 978-3-86608-112-3
14,95 Euro [D]
15,40 Euro [A]

«Unglaublich, dass so viel geballtes Wissen in ein Taschenbuch passt! Eine wahre Fundgrube.»
Schlagzeilen
«Intensiv recherchiert, interessant!» **Marquis**

9 783866 081123